U0486849

大鱼文化传媒　大鱼文学

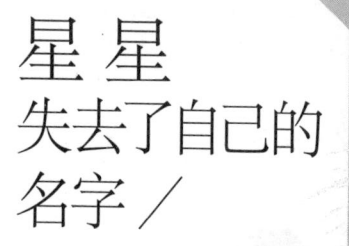

星 星
失去了自己的
名字／

星星失去了自己的名字,而我,永远失去了你。
——陆晨光

邬宏／作品

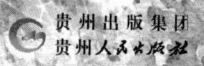

贵州出版集团
贵州人民出版社

图书在版编目（CIP）数据

星星失去了自己的名字 / 邬宏著. -- 贵阳：贵州人民出版社，2015.12（2020.1重印）
ISBN 978-7-221-12953-6

Ⅰ.①星… Ⅱ.①邬… Ⅲ.①长篇小说–中国–当代
Ⅳ.①I247.5

中国版本图书馆CIP数据核字(2016)第019033号

星星失去了自己的名字

邬宏 著

出版统筹	陈继光
选题策划	汪柯廷
责任编辑	唐露
流程编辑	黄蕙心
装帧设计	刘艳昆词
出版发行	贵州人民出版社（贵阳市观山湖区会展东路SOHO办公区A座，邮编：550081）
印 刷	三河市华东印刷有限公司
开 本	889×1194毫米 1/32
字 数	157千字
印 张	8
版 次	2016年3月第1版
印 次	2016年3月第1次印刷 2020年1月第2次印刷
书 号	ISBN 978-7-221-12953-6
定 价	35.00元

版权所有 盗版必究。举报电话：策划部0851-86828640
本书如有印装问题，请与印刷厂联系调换。联系电话：0731-82755298

| 001 | 第一章
星星念起自己的名字

| 021 | 第二章
风在树林里穿针引线

| 067 | 第三章
梦见苜蓿的田野

| 097 | 第四章
草莓果酱与蓝莓果酱的记忆

| 131 | 第五章
堇色向日葵盛开

| 163 | 第六章
无法停止的日光和雨

| 205 | 第七章
而我永远失去了你

| 245 | 后 记

星星失去了
自己的 名字

XINGXING
SHIQULEZIJIDEMINGZI

★ 星星失去了自己的名字

第一章
星星念起自己的名字

XINGXING
SHIQULEZIJIDEMINGZI

星星念起自己的名字
月亮的银白色梦开始在世间飞翔
我正老去

1.

树影在初秋的阳光下慵懒地摇晃着身体。

过了十字路口,陆晨光将车拐进僻静的街道。他忍不住望一眼副驾驶座位上的信封,制止住想要打开它的念头。那些映在挡风玻璃上的树影,正努力将自己的修长手臂伸展向天空,也牵引着陆晨光的记忆慢慢回到以前——

有些年月却整洁的弄堂尽头,大门被打开,小男孩儿跟在妈妈的身后迈脚进去,是个视野很好的院子。院子中间的黄槐同样也有些年岁了,妈妈让小男孩儿在树下的石墩上坐着,看着一大一小的两个包裹。

"嘎——"

猛踩刹车的瞬间,穿着深绿色套头衫的小男孩儿从陆晨光的视线里跑到马路对面。

陆晨光觉得自己身上的毛孔全都张开了,感觉背脊一阵凉意直蹿脑门儿。

真的只差一点点,好险啊!他倒吸了口凉气,扭头瞟了座位上的信封一眼,又低头深深舒口气后,重新启动车子。

突然有人拦在车子前面，抬眼的瞬间，陆晨光看见一个穿浅色外套的女子带着刚才差点儿被撞到的小男孩儿，正用质问的眼神盯着车里。

　　"对不起，他跑得实在太快了。"陆晨光忙将头伸出车窗外，对她说道。

　　有些生气的年轻女子并没有要走开的意思，一动不动地瞪着车里。

　　"我并没有碰到他，这您也应该看见了。"以为她没有听到自己刚才的话，陆晨光只好又向车外的人解释着。

　　年轻女子双手扶在小果儿肩上，站在那里却是一副不依不饶的神情。看看车内的时间显示，陆晨光只好无奈地下了车。

　　走到拦车的人面前，觉得自己应该道歉的陆晨光语气温和地说："实在不好意思，我没看到他从那边跑过来……"

　　可没等陆晨光说完，穿浅色外套的女子突然举起手向他比画起来。望着女子的奇怪手势，陆晨光想着马上就要迟到的会议，继续解释着："对不起，我真的赶时间，要不这样好了，您将电话号码留给我，先带他去医院，我稍后一定跟您联系。"

　　面前的女子使劲地摇头，用手继续比画着，因为对方无法明白自己的意思，她一脸生气又焦急的样子。

　　一头雾水的陆晨光只能低头望向她身边的小男孩儿，问他："她怎么了？"

"姐姐说，你不应该开这么快，很危险。"小男孩儿表情顽皮地说完，笑嘻嘻地望着两个大人。

　　听完小男孩儿解释的陆晨光突然回过神来，望着眼前面容纯净的女子，感觉自己内心也有想要伸出手向她"说"些什么的愿望，沟通方式的不同让他将伸出的手无奈地放回了原处。

　　这一瞬间发生的事情像突然置换场地与布景的戏剧画面似的，陆晨光由观剧的人变成了剧中人，马上要迟到的念头突然从他脑海里消失了。他蹲下身来让自己的视线和小男孩儿的视线保持同一高度，说话的声音也变得小心谨慎起来："那她……现在能听见我们说话吗？"

　　"当然，姐姐只是不想说而已。"

　　陆晨光像在秘密传递重大事件似的表情，让小果儿也认真起来。

　　"不想说？"陆晨光觉得十分意外。

　　"是啊，姐姐本来是可以说话的，后来爷爷离开她，她就不想说话了。"

　　小果儿活泼而天真的回答让陆晨光沉默起来，他站直身体，看见黑发垂肩的女子将小男孩儿拉到她身边，正用手语向他比画着。

　　"姐姐说，这里是减速区，你开那么快，万一伤到这里的小朋友怎么办？让你以后一定要注意。"小果儿一边"翻译"，一边用手指了指陆晨光身后。

陆晨光转身,看到一块醒目的减速牌。他回过头时,看见小果儿已经跟着他的"手语姐姐"走进了一扇大铁门里。

红桥保育院。

陆晨光坐回车里,又望了那扇大铁门一眼,突然记起会议召开时间,他连忙拿起电话,调出最新的未接电话记录拨了出去:"罗瑞,我有些事情给耽误了,麻烦你将会议时间改在一个小时以后。"

2.

从会议室出来,陆晨光边走边翻看手中的资料,跟在他旁边的罗瑞说着关于选秀活动进展的事情。

两个人一前一后走到陆晨光办公室门口,罗瑞对正准备推门进去的陆晨光说:"关于进入决赛的选手情况,你要不要过目一下?"

"好的,放在桌上吧,我待会儿再看。"陆晨光虽然口上答应着,但依然将注意力放在自己手上的文件夹上。

罗瑞替陆晨光将门推开,跟在陆晨光身后走进办公室,把手上的决赛选手名单放在了桌上。他的目光掠过窗边薄得透明的落地纱幔,上面影影绰绰的手工刺绣的白色羽毛纷纷飘坠,在接近地面的地方逐渐密集,如同一场永不停止的大雪。

也许它更适合夏天,这样想着的罗瑞准备转身离开,却被陆晨光叫住。

"罗瑞,你是本地人,你知道胜昌门这个地方吗?"陆晨光将手中的资料放下,抬头问站在门口的罗瑞。

"那里以前是老街区,读书的时候有同学住那儿,去过几次,后来拆了建了个市民广场。"罗瑞一边说,一边走回沙发旁边。

"我想拜托你找一个曾经住在那里的人,关于那个人只有很少的资料,都在这里了。"陆晨光从抽屉里拿出一个牛皮纸信封递给罗瑞。

罗瑞从陆晨光手中接过信封后,说:"我会尽力,你放心吧。"

"先谢谢你了。"

"如果没有别的事情,我先走了。"

罗瑞的身影消失在门口。

门被关上后,陆晨光重新坐回桌前,打开了放在桌上的进入决赛选手的资料。

在选手名单里,他看到了一个名字——绿笙。

有些意外的陆晨光想到应该是与自己认识的那个人同名,并未在意,逐页看了下去。但是,接下来出现在他眼前更加详细的选手个人档案里,他看到的照片告诉他这并不是巧合,她正是自己认识的那个绿笙。

记忆中的小男孩儿守着身边的包裹,听见妈妈和房东太太在虚掩着门的房子里说话,带着浓重四川口音的房东太太声音一阵阵盖过妈妈的声音。过了很久,妈妈和房东太太都出来了。妈妈带着他拎起包裹跟在房东太太身后,走进了院子一角的小杂屋。

那间小杂屋经过妈妈一番拾掇,成了他在这个陌生地方的家。

他问妈妈:"我们为什么要离开家到这里来?"

"因为爸爸在这里,我们要等爸爸,然后一起回家。"

妈妈当时就是这样对他说的。

巷口的那些孩子叫妈妈是捡破烂的,骂他野种,他心里难过却从未对妈妈提起过,因为妈妈知道后一定会比他更难过。

房东太太总是用一种鄙夷的眼神看他,好几次,他只是不想看到房东太太的眼神,所以一直在巷口卖卤水豆干的爷爷那里转悠到大家都在家吃晚饭后,才跑回那间杂屋。

他不喜欢这个地方,可是因为爸爸在这里,要等爸爸,然后才能和爸爸妈妈一起回家。每当这样想着的时候,他觉得自己才能安下心来,等着夜里美好的梦来找他。

房东太太的女儿叫绿笙。

当他在教室里看见绿笙的时候,马上想到房东太太望着自己的眼神。班上的男生们因为妈妈的职业而取笑他时,绿笙在一边望着,不说话。

放学后,绿笙一直小心翼翼地跟在他身后。过了很久,绿笙大声冲前面的他说:"不是我说的。"

第二天中午,他发现自己的餐盒里多了两块米糕,还有酱菜。之后的每天,他都会发现自己的餐盒里多这两样东西。这样的秘密待遇一直持续到一个周日的早晨。

那天，房东太太从厨房出来，发现他在房里吃米糕。他很清楚地记得房东太太当时的表情，冲进屋里将他手里吃到一半的米糕抢过去直接扔到地上后，冲到院子中间开始大声嚷："不得了了，竟然偷到我们家厨房里来了，不要脸的这样教小孩儿来害我们呀……"

他望着地上的米糕，呆坐在小床边。

没多久，他看到妈妈从外面跑了进来，然后听到房东太太用自己听不懂的上海话大声辱骂。院子里乱成一团。

透过窗户，他看见绿笙躲在门后往这边看。

第二天，他的餐盒里又有米糕和酱菜。当着绿笙的面，他拿起餐盒，连同自己的午饭一起扔到了墙角。

班上男生在课间取笑他，再也忍受不了的他终于还手了，但寡不敌众，他被几个男孩儿同时压在了地上。一旁的绿笙拿起教室里的扫把将压在他身上的人全都打跑，扶起了地上的他。因为他总得到漂亮又会跳舞的绿笙的帮忙，让班上男同学更加忌妒，只要有机会他们便一起为难他，男孩儿性格的绿笙每次都会毫不犹豫地站在他这边帮他说话。

尽管如此，他还是很讨厌绿笙，因为他讨厌房东太太。

突然响起的手机音乐，戳破了记忆的泡泡，小男孩儿、妈妈，还有房东太太全部消失了。陆晨光看了一下手机屏幕上的来电显示，接通了电话——

"妈妈。"
"是的，快了。"
"一切都很好，您不要担心。"
"那等您和爸爸决定时间后，我再打电话过来。"

3.

蓝色的车影滑出车位，穿越寂静的车库入口，融进热闹的车水马龙中。

陆晨光之所以答应爸爸来集团旗下的这家娱乐传媒公司，只是因为他想再次回到这里。像受到月亮影响的潮水一样，尽管距离遥远，他的心情依然会在那些平静的晨昏寂寞地起伏。

他询问过自己的内心无数次。

受过往时光的牵引而回到老地方，对陆晨光而言，自己就是孤独的海浪。

当他在遥远的异国他乡经历所有焕然一新的生活，当他所处的现实将他与那些毫不起眼的过去隔开，他站在棒球场被欢呼声淹没时却觉得内心空白，他坐在图书馆僻静的角落却依旧抑制不了内心的涌动。当现在的生活全方位在自己面前重新铺展开，那些被他整理过无数次的细枝末节虽然只是陆晨光这个名字下面微不足道的历史，似乎拥有连他自己都无法知晓的巨大能量，一直影响他，牵引他，直到内心告诉他需要停下脚步。

人们无法根据过往的经历拼凑出自己的未来，所以无论陆晨光怎么努力也想不出 16 年后的今天那个人的样子。

他的目光掠过街上的人群，手搭在方向盘上，熟练地让车在十字路口的红灯下面轻稳地泊好，等绿灯亮起来。

一群小孩儿从面前走过去，活泼的小家伙们正牵着手排起长龙大踏步向前，走在后面的年轻女老师很认真地看护着他们。

浅色上衣。

披垂的黑发。

坐在车里的陆晨光注视着那个背影，想到今天早晨在保育院门口发生的事情。

他看着她和孩子们到了街对面，小家伙们看上去很听她的话，都乖乖站成一条直线，站在队伍边上的她，时不时用眼神示意着什么，一会儿又用手势向孩子们比画着什么。

原来，是同一个人。

绿灯很快重新亮起来，他听到后面的汽车发出催促的喇叭声才启动车子，直到孩子和女老师的身影在后视镜内逐渐消失不见，陆晨光才将目光收回。

如果他要找寻的人现在就出现在面前，自己怕是也无法认出来吧。

　　这样想着，陆晨光心里面隐藏的期待幻化成某个人的样子，竟然是今天遇见两次的保育院老师。他觉得自己的想法很荒诞，忍不住笑了起来。事实上在他心底的角落里，那个默默的存在也许更加普通，就如同这大街上的某张面孔一样。

　　入梦的时候
　　我想将月光留给你

　　外面的歌声不知道带着谁的信息在风里找寻，落入有心或无心的人们耳中，成为往事线索。
　　他将车驶向那个熟悉的方向。
　　簇拥林立的崭新楼盘，被拓宽了不知多少米的街道，还有立交桥和商业中心，这些都是陆晨光记忆中没有的。即使在那些隐秘的角落，也没有留下过往的丝毫痕迹。没有改变的，只有记录它们身份的符号。陆晨光根据地名找到了以前住过的地方，他将车停在路边，横过街道，面前就是一个宽敞的市民广场。
　　轰轰响的锅炉房没有了。
　　门口叼着烟打盹的大爷不见了。
　　补锅匠的担子也不知道去了哪里。
　　头上整天卷着橡皮管的房东太太没有再朝他投来鄙夷的目光。

卖卤水豆干的爷爷把店搬走了。

小男孩儿在放学的路上被几个高年级男生堵在街口,他被从头到脚翻搜一遍。其中一个高个男生将书包从他的身上夺下,发现他的书包里除了书和餐盒之外,再找不出别的东西时,气急败坏地将书包扔到地上。

他听到钢匙碰到铝盒发出的尖锐响声时,拳头已经如雨点般落到他身上。疼痛与恐惧让他只知道用两只手抱着头做着无谓的缩逃与躲避,最后被逼到了墙角。

"你们在干什么?快走开!"

他听到一个声音尖细的女生在说话,然后是抢书包的声音,那些围攻他一个人的坏蛋全都散开,跑了。

他慢慢伸开手臂,从疼痛里回过神来,抬眼看见站在跟前的女孩儿向他伸出了手,他蜷缩在那里一动也不动。

"下次离他们远点,他们在这里可都是出了名的。"

她边说边弯下身来将地上的小男孩儿扶起来,替他拍干净裤腿上的土后,又将散落在地上的书和餐盒全都收进书包里。

"很痛吧。走吧,你妈妈要是知道的话,该担心了。"女孩儿说着将他的书包背在自己肩上,过来牵他的手。

他伸出自己的手,却没有让她牵,而是拿过他自己的书包背在身上。

红色灯芯绒上衣,明蓝色长裤,胸前别着团徽,站在面前的女孩儿足足高出他一个脑袋。

她是巷口卖卤水豆干的爷爷的孙女。

两个人一前一后穿过两条街，然后往住的地方走去。

到了弄堂口，他听到卖卤水豆干的爷爷叫"轻雨"时，她应了一声"爷爷我回来了"。跑着进到店里之前，她回头冲身后的他温和地笑了笑。

轻雨。

他当时就牢牢记住了这个名字，还有那张笑容温和的脸。

4.

"麻烦你，请等一下。"

电梯门即将关闭的时候，外面有人慌张跑进来，电梯里的陆晨光连忙伸手将门挡开了。

"谢谢。"

欠身进来的女子抚了抚垂下来的卷发，转身向陆晨光笑了笑。

陆晨光同样礼貌地笑了笑，便将目光望向了正在上升的电梯上方。

"陆先生，你好。"电梯继续上升的时候，卷发女子突然向他打招呼。有些意外的是陆晨光转身向她微微笑了笑，说"你好"。

"总是听到大家谈论起你，说晨光传媒的小东家不仅有才，而且有貌，果然是又年轻又帅气。"卷发女子一边说，一边神情暧昧地向陆晨光这边靠了过来。

陆晨光有些抵触地往前面站了站，抬头注视着上升电梯上的楼层显示，没想卷发女子靠得更近了。

"你要做什么？"陆晨光转身面向她，将她推到电梯边上，生气地问她。

"这次选秀的前三名能够得到与晨光传媒的三年合同，我想得到这份合同。"卷发女子开门见山地说出自己的目的。

黑色卷发将这张脸衬托得十分白皙，衣着得体，仪态赏心悦目，她完全没有必要这样做。

陆晨光这样想着，觉得可惜起来。

"你倒是很坦白。"

"谢谢，各取所需。"一改之前的生疏，她大大方方地说。

"你叫什么名字？"

听到陆晨光询问自己的姓名，她连忙说："郁美菲。4号决赛选手。"

"郁美菲……嗯，我知道了。"

"这是我的电话号码，晚上有时间的话，一起吃饭吧。"说完，她用眼神示意着将手上的名片递到了陆晨光面前。

陆晨光从她手中接过名片之后，用很礼貌的口吻当时就回绝了她的好意："对不起，今天晚上恐怕不行，不过我会记得你的名字的。"

尽管如此,她似乎仍然不依不饶,说:"陆先生,听说晨光传媒的签约艺人在合同期内……"

"不好意思,郁美菲小姐,我到了,再见。"陆晨光指着已经打开的电梯门,转身礼貌地和身后的卷发女子道别。

走进办公室,陆晨光将手里的名片直接扔进了垃圾桶。在座位上坐定后,他拿起电话将罗瑞叫进来。

"现在决赛进程到了哪个阶段了?"陆晨光问正推门进来的罗瑞。

"所有的赛程全部结束了,这里是评委审定的结果。"罗瑞说着,将手中的文件夹放在陆晨光面前。

陆晨光将文件夹打开,看完后,将其中一位选手资料从里面抽出来放在桌上后,问罗瑞:"第四名是谁?"

"后面有十佳选手的名单。"

"绿笙?"

"是的,没错,之前好像是个舞蹈教练。"

"这个直接删掉吧,空下来的位置由第四名补上,签约的时候去征求一下第四名的意见。"

"删掉郁美菲?为什么?"

"晨光传媒不需要个人品行有问题的艺人。"

"好吧。"罗瑞并不知道陆晨光为什么这么做,但听他的语气一点儿商量的余地也没有,他拿起桌上的文件资料,转身离开了办公室。

5.

吉晟 CS 男装店。

陆晨光叫店员将他选好的外套拿去柜台时，突然听到身后有人说话："先生，可以帮个忙吗？"陆晨光转身，看见一个穿黑色外套的中年女人一脸诚恳的样子。

"什么事？"陆晨光看看旁边，确定她是在叫自己。

"我选了件衣服想送给朋友，但不知道他穿上身的效果会不会好看，看你们的体格差不多，所以想麻烦你试穿一下。可以吗？"

"唔。那你将衣服拿过来吧。"

"太谢谢了，麻烦你了啊。"见陆晨光答应了，她高兴地回头说，"绿笙，你帮我拿过来吧。"

绿笙？

陆晨光回头循着声音的方向望去，看到了和选手资料照片上一模一样的面孔。

是房东太太的女儿。

"陆先生？"绿笙一脸惊讶地望着陆晨光，叫了出来。

"怎么？绿笙……你们认识？"

"哦，梅玲姑姑，他是晨光传媒的陆先生。"

"这次选秀比赛的季军绿笙。"陆晨光指着绿笙，笑着说。

"真巧啊。"梅玲姑姑从绿笙手中接过衣服，看看绿笙，又看看这个外表精干的男子。

"绿笙在帮男朋友挑选衣服？"陆晨光看着绿笙问她。

一旁的梅玲姑姑忙说："她还没男朋友呢，是我叫她陪我来逛街。这是替她弟弟选的，看中了却不知道是不是大小合适，实在不好意思打扰陆先生。"

"没事，我反正也不忙。你们等一下，我现在就去试穿。"说完，陆晨光拿起衣服进了试衣间。

陆晨光重新出现在她们眼前时，从上到下已经全换上了梅玲给他的衣服。

"看来，大小还真是很合适呢。"望着眼前的陆晨光，梅玲高兴地一边说一边打量着。

站在一旁的绿笙只是安静地注视着突然出现在自己眼前的男子，他有条不紊的样子，身上散发的沉稳气度，以及举手投足间的优雅，与她记忆中的某些部分有短暂地交合。

这些让绿笙有些失神。

"绿笙，你觉得呢？"梅玲姑姑回头询问绿笙的意见。

"唔……蛮好的。"突然回过神来的绿笙依然有些迷惑。

"谢谢你了，陆先生。"梅玲姑姑对又从试衣间走出的陆晨光说着感谢的话。

"没关系。"陆晨光说完便去了结算中心。

梅玲姑姑望着陆晨光的背影，一直看到他走出 CS 店，才将目光收回来。她转身对一旁的绿笙说："绿笙，努力一点，我觉得你这位新东家就很不错……绿笙，你知道我在说什么吗？"

绿笙从店员手中接过刚才陆晨光试穿过的衣服，没有理会身边自言自语的姑姑，而是直接走去导购台。

"绿笙，你现在可以开始好好谈个男朋友，过两年结婚了，我也好向你爸爸妈妈交差啊。"见绿笙又将自己的话当耳旁风，梅玲姑姑跟在她身后唠叨着走到导购台前。

这时，绿笙的手机响了。

"是我。哦，我马上过来。"绿笙说完，拿过店员递过来的票据，转身去了结算中心。

"梅玲姑姑，我得先回舞蹈教室了，衣服的钱已经付过了，您自己记得先吃点东西再回家啊。"绿笙将手中的袋子放到梅玲姑姑手中，离开了 CS 店。

想在正午时候拦下一辆出租车是件需要耐心的事情。

绿笙在街边站了足足有一刻钟了，还是没有见到一辆空车。她看看时间，又看看街上来往的载客出租车，犹豫着是不是应该去公交车站碰碰运气。

"想去哪里？"

绿笙转身，看见身边的蓝色汽车，还有车内说话的那个人。

"陆先生？！"绿笙有些惊喜又很意外地望着他，好像他是突然冒出来的外星人。

"我脸上……有什么不妥吗?"见绿笙脸上露出奇怪的表情定格在那里,陆晨光反问起她来。

"哦,不是……对不起。"陆晨光一脸认真地问她,让绿笙不知道说什么才好。

"好了,快上车吧,再不走的话警察要来啦。"陆晨光将车门打开,绿笙在副驾驶的座位上坐下来。

"去哪儿?"

"唔……"

"见你在街边站半天了,不是急着拦车吗?我送你去吧。"

"哦……"

"怎么了?"见绿笙支支吾吾的样子,陆晨光连忙说,"放心,我对这边的路也还有点儿印象,小时候我也在这里住过的。"

"不是,陆先生,我……还是自己打车去吧。"绿笙是担心自己在舞蹈工作室兼职的事情违反合约规定。

"没事,说吧,你要去哪里?"

"胜昌门的舞蹈工作室。"说完,她又连忙解释,"我本来是已经辞职了的,可舞蹈工作室一时没有找到合适的教练,所以我才决定再兼职做……"绿笙感觉自己的声音越来越小,她几乎都没听清楚自己后面所说的话。

陆晨光听后笑了起来:"放心,合约里规定不能做的兼职是指艺术特长之外的专业。对了,胜昌门那里有舞蹈工作室?我平时也常去那里，倒是没怎么留意。"

"是一家小型的私人工作室。对了，陆先生也熟悉那里？"

"我小时候曾在那里住过，所以偶尔去那里看看。"

"真的？我以前也住那里，说不定我们小时候还遇见过呢。"

"是吧。"陆晨光这样说着的时候语气故意冷淡下来，绿笙没有再询问下去，车子里也变得安静起来。

"现在……为什么不住那里了？"过了很久，陆晨光突然问绿笙。

正望着窗外的绿笙转过头来，说："老房子都拆了，便搬到了别的地方。"

车子在广场边上停了下来，绿笙从车上下来，对驾驶座上的陆晨光说："谢谢你送我来。"

"没事。"陆晨光说着，眼睛却望向广场中间的喷泉附近。

太阳温和地照着，老人们带着自家的小孩儿在广场上玩。喷泉边的草坪上，有许多孩子在画画。在孩子们中间站着一个年轻女子，陆晨光的目光一直停留在她身上，很久都没有移开。

第二章 风在树林里穿针引线

XINGXING
SHIQULEZIJIDEMINGZI

风开始在树林里穿针引线
短暂的晨光将渡口凝视
我正老去

1.

　　米色粗线外衫一直垂到膝上，下面是将腿紧紧裹住的黑色线袜。惹眼的除了脚上的帆布靴外，还有胸前大大的迷彩围脖和像低年级小女生那样的整齐刘海。
　　她一只手戴着浅黄色塑料手套，一只手拿着画笔，时不时在某个小朋友身边弯下身去，在画板上添加着什么。
　　陆晨光就坐在广场边上的车内，专注地望着她。
　　想到她上次拦在汽车前面的样子，陆晨光忍不住偷偷地笑起来。
　　他心里不得不承认自己也会被事物单纯的外表所迷惑。平日身边很少出现的平静和明知不会在自己的生活中出现的美好，似乎带着某种令人眩晕的香气，此刻正萦绕在陆晨光的内心里。
　　他第一次觉得在车里干坐上两小时是件很不错的事情。
　　孩子们排着队等着将自己画好的画拿给她看，她从他们手中接过画纸，又一一在上面写下名字，然后整齐地放在身边的小凳子上。
　　突然，汽车前面的挡风玻璃上落下密密麻麻的雨点，视线里模糊一片。透过雨刮器清理出的地方，可以看到广场的草坪上已经乱成一团。她帮孩子们收拾画具，带着孩子们跑到躲雨的地方。

草地那边，凳子上的画纸被雨淋湿……

陆晨光打开车门，跑到喷泉边的草坪上，拿起那沓画纸冲到正在躲雨的人群中。回过头去，他看见与自己站在同一屋檐下的她正取下自己的围脖挨个儿为孩子们拭去头上的水珠。

仔细地将手里的画纸整理好，陆晨光慢慢靠近了过去。

"怎么办？上面一张还是淋坏了。"陆晨光说着，将手里的画纸递到她面前。

她一抬头正好望见陆晨光一脸的笑意，先是一惊，然后脸上也渐渐漾开一个温和的笑容。她伸手接过陆晨光递过去的画纸，从口袋里掏出一个小小的便笺本，将手里的笔帽取掉，熟练地在上面写下了什么，然后将便笺撕下来放在陆晨光的手上。

谢谢你。

陆晨光在便笺纸上看到这三个字，笑了笑。

不用谢。

从她手中拿过笔和便笺本，很认真地在上面写好这三个字后，又将便笺本和笔放回她手中。

她看到后，又拿起笔在这三个字下面写下自己要说的话。就这样，两个人在躲雨的台阶上一人一句地在纸上聊起来——

你说话，我能听到。

我想和你一样，用写的。

很麻烦。

那天真对不起。

没事。

你教他们画画?

有时候也教跳舞。

一定很好看。

她腼腆地笑了笑,写着:

雨停了,我们要回去了。谢谢你帮我们收拾画纸。

　　陆晨光对她摆了摆手,他看到她提着画架回头摆手微笑的样子觉得似曾见过,可又回忆不起到底是什么时候,在哪里见到。想到可能是自己以前曾梦到过这样的笑脸,陆晨光站在那里望着她和孩子们走远的背影,感觉一切都变得微妙起来。

　　从躲雨的地方往广场中的雕塑方向走,要穿过一小片人工种植的棕树林,陆晨光走到树林下的长椅边,拭了拭上面的水珠后,坐了下来。他看看周围,弄堂围墙变成了绿化带,那片棕树林曾经是十余户人家的住房,而自己坐着的地方,应该是当年卤水豆干店的店门前吧。一阵急风过去,棕树叶发出窸窸窣窣的声响,陆晨光觉得有人在身后叫自己,他忍不住回头看了看后面——

　　小男孩儿快走过卤水豆干店时,被店内的老爷爷叫住,他回头应了一声,便跑进小店旁边的侧门里。爷爷告诉他,妈妈出去揽活时拜托自己照顾他,在她回来之前就先在这里做作业好了。

被高年级同学欺负那天帮过自己的高个女孩儿,就坐在桌子边写作业。

他记得她的名字:轻雨。

"小泽,这是轻雨姐姐,不会写的作业可以问她,她的功课每回可都是得第一的。"

"坐这里吧。"轻雨将凳子上的书包拿开,将位子让给了杵在那里的小男孩儿。

就这样,妈妈回来得晚的时候,他都在豆干店的爷爷家做作业。

爷爷将两个孩子写作业的小桌子架在铁炉边上。热卤水的大瓷罐内总是冒着腾腾热气,狭窄的小屋子里也总是暖融融的。好几次妈妈来叫他的时候,他都已经在炉火边睡着了。

他和妈妈住的小杂屋一到晚上就像冰窖般冻人,半夜醒来后他就再从也睡不着了。他从不向妈妈提起这些,因为妈妈比他穿得更单薄。所以,一到放学,他更喜欢待在豆干店老爷爷那里,有时他真不愿意妈妈将他从梦里唤醒,好让他能一直暖和地睡到天亮。

轻雨做完作业不会马上将书包收拾好,而是拿出白色画纸坐在他对面开始描画。她喜欢小说里的古装人物画,他见过她一连三个晚上都在描一张《玉堂春》的插图。她描骑大马的张飞的那几个晚上,他总是忍不住偷偷停下笔去看,那是他最喜欢的一张。

轻雨应该也很喜欢,因为她买回彩色蜡笔的那天,首先就是替骑大马的张飞上色。

"小泽,天这么冷,你妈妈为什么还不给你穿棉衣?这样会冻到的。"见放学回来的小男孩儿冻得嘴唇都发紫了,轻雨的爷爷担心地问起来。

"爷爷,我还……不冷。"他将书包放在桌上,拿出书本开始写作业。

一旁的轻雨突然放下笔跑进了里屋。

晚上,他和妈妈快要睡下时,有人敲门。打开门,他看见站在门口的爷爷,叫了一声:"爷爷。"

妈妈走到门口说:"大叔,进来坐吧。"

"不了。这个给孩子穿上吧。轻雨长得快,只穿了一个冬天就小了。"轻雨爷爷说着,将手里的包裹塞到妈妈手里。

那是件款式好看的鹅黄灯芯绒面棉袄。

2.

"对了,户外装备品广告进展怎么样了?"陆晨光将文件合上,问坐在一边整理资料的罗瑞。

罗瑞将最后一份资料夹进文件夹里,抬头望向陆晨光,说:

"本来是没问题了的,因为女演员在山上崴了脚,所以要到下周才能结束。"

"崴伤脚?在外景地吗?"陆晨光听罗瑞这么说,露出担心的神情。

"是的。听摄制组的人说,当时在野外,离医院挺远,她崴伤了却忍着不出声,说是等拍摄全部结束再去医院。后来她的化妆师发现时,都肿得很厉害了,好像说是脱臼了,在医院住着呢。"

"哪家医院?"

"我打电话问一下摄制组就知道了。"

罗瑞拿起桌上的电话接通摄制组那边,他问了对方"在外景地伤了脚的女演员住哪家医院",接着说了"谢谢"之后,将电话挂断了。

"复兴医院,1216 房。"罗瑞转身告诉正等着回复的陆晨光。

"帮我订个果篮吧,下午我想去一趟医院。"

"好的。"

陆晨光带着果篮到医院的时候已经快 4 点钟,将车停好后,他拿上果篮直接到了病房门口。

轻轻推开门,陆晨光看到躺在床上的人的身影,好像已经睡着了的样子。

拉拢了的帘幔将光挡在了窗外,只有一束光从缝隙内流泻进来,将自己遗失在房间的一角。

陆晨光轻轻地走到桌前,将手里的果篮放在桌上,转身准备离开。

"陆先生?"推门进来的梅玲姑姑与准备出去的陆晨光碰了个正面,她压低了自己的声音和陆晨光打招呼。

可能是两个人的脚步声吵到了床上躺着的人。绿笙慢慢翻身坐了起来,叫了声"梅玲姑姑",声音懒懒的。

陆晨光转身,看见正倚床坐着的绿笙。

"绿笙?"

他没有想到在野外受伤的人就是绿笙。

"陆先生,还麻烦你来,真不好意思。"绿笙有些抱歉,她调整了一下坐姿,将身上的被子往上拢了拢,对站在那里的梅玲姑姑说,"姑姑,麻烦您替我倒杯水给陆先生吧。"

"不用麻烦,我渴了的话自己倒就好。"陆晨光说着走到病床跟前,望着倚在那里的绿笙,问她,"感觉好些了吗?"语气里充满了关心。

"没事,只是崴了一下,医生说明天就可以回家了。"绿笙的语气和往常一样从容。不管遇到什么突发事件总能保持内心的平静,这就是绿笙。

一旁的梅玲姑姑见陆先生来看绿笙,心里想着自己应该给他们留出单独说话的时间。她看看时间,便对坐在床上的绿笙说:"绿笙,我先回公司处理些事情,正好你可以和陆先生说会儿话,我等会儿再过来陪你吃晚饭。"

"阿姨您忙吧,我想请绿笙吃饭,一直还没找到机会。"陆晨光说着,望向正望着自己的绿笙。

"那这样的话,那我就迟点过来吧。"梅玲姑姑达成所愿,开心地离开了病房。

她在楼下想着该去公司还是回家时,电话响了起来。

"老头,我现在去市场,你早点儿回来做西湖醋鱼啊……"接通电话的梅玲姑姑站在医院前坪的停车场上,对着电话那头的人说着。

À la claire fontaine

M'en allant promener

J'ai trouvé l'eau si belle

Que je m'y suis baigné

Il y a longtemps que je t'aime

Jamais je ne t'oublierai

Sous les feuilles d'un chêne

Je me suis fait sécher

Sur la plus haute branche

Un rossignol chantait

……

Natalie Choquette 迷人的声线流转。

餐馆的名字叫"BleuMarine",传统的法国南方菜色更是吸引人。

让人对地中海浮想联翩的 Pastis 汁煎大虾、烹制独到的牛排、清爽美味的沙拉、法式特制的薄饼。

当然,还有红酒。

绿笙望着坐在自己对面的男子,没有预料到的浪漫情境让她的意识有些恍惚,由此滋生的情愫让她体会着梦境般的感觉。她沉默地看着眼前的一切,偷偷沉溺着,担心自己一说话,会惊醒过来。

3.

不知道什么原因,最近陆晨光渐渐喜欢将车开往胜昌门的方向。承载往事的老地方,可能是心安静下来时的某种念想,或者是身体释放压力的一个紧急出口。

坐在车里,他想到一位意大利作家在自己的小说中提到所谓"心灵的指引",只是已经无法再记起作者那些描述受心灵指引的文字。

或许应该去书城看看是否还能买到那本书。

陆晨光这样想着,便将车开到去往书城的路上。

他在书城大厅的楼层平面图前站了一会儿,又仔细看了看最新的活动信息,才从入口处走进去。

电子图书阅览视窗、图书分类检索处、盲文图书外借室、外文书店、图书出版工艺流程展览……

刚刚重新装饰一新的书城处处都流露出设计者的巧妙心思。

陆晨光在摆放外国小说的书架前找了很久,也没看到他要找的关于心灵指引的小说,倒是旁边色彩艳丽的旅行书吸引了他。

DC公司出版了最新的欧洲旅行指南,陆晨光取下一本关于意大利的旅行图书,见旁边府邸的凳子上都坐了人,便找了一张靠消防门边的椅子坐下,开始翻看起来。

从佛罗伦萨的美第奇家族府邸到拿波里的碧浪,从罗马街区的交通图到一艘威尼斯贡多拉的日租金,没翻几页,手机就响了,是罗瑞打来的电话。

他接通电话,听到电话那头的罗瑞正说着红桥保育院80周年庆典的事情。

"罗瑞,你给院长回电话,就说我会过去找她商量庆祝活动的事情。"

说完,他将电话放到一边,继续翻阅手中的书籍。并没有浏览完书中的内容,想到去见院长的陆晨光合上书站了起来,拿着书朝收银处走去。

他刚离开。

小容选好几本糕点制作方面的书,还有一本编织教材,找了好几个地方都没找着坐的地方。

"老师，快来这里。"小果儿指着消防门边的空位子拉了拉小容的衣服。

两个人望着空出来的座位，都高兴地笑了起来。

"老师你看，这是谁落下的？"先跑到座位边上的小果儿，拿起椅子上的手机递给了小容。

她拿起手机，朝周围看了看，旁边的书架前都没有人。

"老师你没有手机，这个就给你，以后小果儿要找老师，可以发信息给你。"小果儿开心地跳起来。

"这是别人的东西，丢了它的人一定会很着急。小果儿要记住，不是自己的东西咱们都不能要，知道了吗？"

小容一脸严肃地对小果儿比着手语，小果儿认真地点点头。

"那小果儿知道要怎么做了吗？"

她问一脸天真表情的小果儿。

"我们应该把它还给它的主人。"小果儿大声地说。

"小果儿真懂事。"

她伸出手来向小果儿做出夸奖的动作。

于是，两个人坐在消防门旁边的座位上看起书来，等着看丢失手机的人会不会回来拿手机。

两个小时过去后，丢手机的人还没有来。

小容将自己和小果儿手上的书放回书架，牵着小果儿往出口处走。

"老师，我们不等那个人了吗？"

她转身告诉小果儿——

"我们要回去了,现在老师把手机交给这里的保安叔叔,那个人如果回来找的话,保安叔叔会替我们还给那个人的。"

"好吧。"小果儿点点头,将拿在手里的手机交给小容时,手机突然响了。

她按了手机上的接听键,将手机放在耳边,听见里面有人"喂"了一声,然后又连着"喂"了几声,过了一会儿,手机里发出连续"嘟嘟嘟"的声音。

她有些忐忑地将手机拿在手上,两个人回到原来的地方,望着它。

手机又响了。

这次,小容按了接听键后将它放在小果儿耳边,她示意小果儿说话。

"你是谁?"小果儿对着手机问那边的人。

"我是手机的主人。"

"我和老师在书城等了你很久,叔叔你不要你的手机了吗?"

"那叔叔现在过来,你们再等我一会儿好吗?"

"那好吧,我们在大厅,你要快点哦。"

挂断电话后,小果儿按照先前的约定,坐在大厅的休息区,等着丢失手机的人来找他们。

大概过了一刻钟的样子,陆晨光出现在了书城门口。

他进了书城大厅,环顾一圈,看见正待在立柱旁边的小男孩儿,他身旁坐着一个年轻女子。他走过去,发现她正是上次在广场遇见过的教孩子们画画的女子。

"咦,原来是你?"看见小容,陆晨光很惊喜的样子。

当他看见小容身边的小男孩儿手中正拿着自己的手机时,他问小果儿:"刚才是你接的电话吗?"

小果儿看着陌生的陆晨光,不说话,只是点了点头。

见一旁的小容一脸迷惑的样子,陆晨光笑了起来:"你不记得我了?上次在胜昌门广场,突然下起了雨,你在教孩子们画画,还记得吗?"

经陆晨光这样一说,小容才想起了躲雨的事情,她冲陆晨光笑笑,使劲地点头。

"还真谢谢你们拾到我的手机。"陆晨光说着,伸手摸了摸小果儿的小脑袋瓜,特地对他说,"谢谢你,小家伙。"

小果儿笑嘻嘻地望着两个大人,突然冲一旁的小容说:"老师,我们把手机还给了它的主人了,可以回去了吗?食堂都要关门啦。"说着摸摸自己的小肚子,一副小可怜的模样。

"对不起,我差点儿就忘了,我们现在就回去。"

她连忙向陆晨光道别,然后牵起小果儿往门口走去。

"对不起,请等一下……"

陆晨光说着跑上前去,拦在小容和小果儿面前,解释道:"真对不起,我把重要的事情给忘记了。今天晚上,我想请你们两个吃饭,不知道两位能否赏光?"

"老师说不用,我们得回去。"小果儿看了看一旁的小容老师,对眼前的陌生叔叔说。

陆晨光在小果儿面前蹲下来,笑着对小果儿说:"今天晚上咱们不听老师的,都听你的好不好?"

"那你听我的,我听老师的。"

小果儿一脸认真的样子。

陆晨光一听,只好无奈地捏捏小果儿的小鼻子,然后站起来笑着对一旁的小容说:"你的学生可真难收买啊。现在都7点了,这个时候很多学校的食堂都关门了,一起吃完饭再回去吧。"

小容看了看书城大厅的电子钟,犹豫了一下,终于点了点头。

陆晨光高兴得一把抱起小果儿,跑出书城大厅,一边跑一边问小果儿:"现在听你的了,告诉叔叔你想去哪里?"

小果儿咯咯咯地笑着,对陆晨光咬着耳朵。

陆晨光听完后,一脸愁容地问怀里的小果儿:"不会吧,真要去那里?"

小果儿用力地点点头。

"可不可以再商量一下?"陆晨光又问小果儿,这次是用央求的语气。

小果儿猛地摇头。

4.

在肯德基店,小果儿津津有味地啃着鸡腿,吃着汉堡。

小容很认真地用小勺子舀着塑杯里的土豆泥。

陆晨光吸着大杯可乐,望着小果儿的神态,不停地摇头。

"小家伙,我陪你吃肯德基,你下次可得陪我吃饭。"陆晨光目不转睛地看着小果儿说。

"我叫小果儿,不叫小家伙。"小果儿连忙纠正过来。

陆晨光笑了笑,向小果儿伸出自己的右手,说:"我叫晨光叔叔,很高兴认识你,小果儿小朋友。"

小果儿看了看坐在身边的小容老师,说:"晨光叔叔,谢谢你请我们吃肯德基。"

"小果儿,我们是好朋友了,那晨光叔叔下次可不可以再带你出来玩?"

"不好。"

"为什么不好?小果儿不喜欢晨光叔叔?"

"不是。"

"那是为什么?

"晨光叔叔带小果儿去玩,却不带别的小朋友一起去,所以不好。"

"那晨光叔叔下次带所有的小朋友一起去玩,好不好?"

"真的?"

"当然。"

"好！"

看着小果儿手舞足蹈的高兴样，陆晨光也笑了，他转身看着坐自己对面位置的小容，说："尽管这是我们第二次见面，可还不知道你叫什么名字……"

还没等陆晨光说完，一旁的小果儿却抢着说："老师叫小容！"

陆晨光一脸疑惑地看着小果儿，小果儿急忙解释："院长奶奶就是这么叫的。"

"那小果儿说叔叔应该怎么叫老师啊？"

"美女老师！"

"小果儿真聪明。"

"老师，我吃饱了。"小果儿转身对一旁的小容说道，眼睛却盯着旁边的儿童乐园，准备离开座位。

"你去玩一会儿，但是不要撞到别的小朋友，知道吗？"

得到她应允的小果儿高兴地点点头，他挤眉弄眼地对陆晨光说："叔叔，我去玩一会儿，你和美女老师聊天吧。"

"鬼机灵，要注意安全。"

"好。"

两个人的目光跟随小果儿到了儿童乐园里，看着他爬上泡沫城堡，小身子钻进去不见后，才转过头来，望着对面的人，彼此笑了笑。

外面的街道上行人很少，偶尔有吃完晚餐后出来随意散步的人经过。空气里流动着肯德基店里播放的欢快音律。

一切都很惬意。

5.

对红桥保育院提供经济上的资助,是晨光传媒进驻内地多年来的传统。

听说摄制组需要一位性格活泼的小演员时,院长向导演推荐了小果儿。

可小果儿说什么也不愿意去摄制组。

"我要老师和我一起去。"过了好久,小果儿一把拽住旁边小容的衣服,对周围的人说。

"小果儿,小容老师得工作,要教其他哥哥姐姐画画,所以不能陪小果儿一起去。"院长走到小果儿跟前,向他解释着。

"不,我就要老师和我一起去。"小家伙一副不依不饶的神情。

"要是让小容老师带你去,那小果儿可得听她的话哦。"见孩子不愿意,摄制组的人又在等着,院长只好让步了。

"嗯。"

小果儿见院长答应了自己,高兴得手舞足蹈。一旁的小容用手刮了刮小果儿的小鼻子,用手语说:

"顽皮鬼赢了,这下高兴了吧。"

小果儿却做着鬼脸要她蹲下来。

"怎么了？小果儿。"

疑惑的小容只好慢慢蹲下来，用眼神询问表情神秘的小果儿。

小果儿将嘴唇贴近她的耳朵，小声地说："老师你不也想去海边吗？我们可以一起去。"

小容听完这句话后，忍不住伸手轻轻地拥住了他，怀里的小果儿咯咯咯地笑着。

出发的时候，小容对院长做着"您放心，我会照看好他"的手语。

外景地的拍摄工作原计划是3天完成，因为天公作美，到第二天中午就只剩下一个镜头了。

清晨从酒店出来的一帮人马，中餐也决定在海边解决。无所事事的小容，自然就成了他们的后勤部长，摄制组的人很快就对她的工作给予了最高评价。

"小容，你干脆加入我们得了，因为你我们的效率才能提高这么快。"吃饭的时候，导演凌风打趣地说。

"可我什么都不懂。"

她笑了笑，冲凌风摇摇头后又摆了摆手，表示谢绝。小容看了看周围，因为没有见到小果儿，便四处张望着向海边的方向跑了过去。

见小容焦急的样子，凌风边喊着小果儿的名字边跟在她身后跑出去。

被树挡住视线的地方,小果儿和那只高大的拉布拉多犬玩得正欢。小容跑到他跟前时,小果儿仍然没有发觉,只顾和狗狗嬉闹。

"小果儿!老师到处找你,你怎么都不出声?只顾自己玩害老师替你担心,可不好啊。"

"可我又没听到老师叫我……"听到凌风有些责备的语气,小果儿马上站好,望着面前的两个大人,嘴里小声嘟囔着,有些委屈的样子。

"臭小子,你……"凌风看到小果儿倔强的模样,有些生气地想伸手去拉小果儿,被一旁的小容拦住。她俯下身摸摸小果儿的头,让小果儿看着自己,告诉他——

"小果儿不见了,老师会担心的。现在,咱们过去吃饭,好吗?"

"对不起,老师。"

小果儿小声道歉着,跟着小容往休息的地方走,剩凌风一个人站在树下。

望着两个人的背影,凌风记起自己在保育院第一次见到小容时的情景,她用手语比画时直视他眼睛的样子。从未见过这样清澈纯净眼神的凌风,根本想象不出拥有这种眼神的女子该会有怎样动听的声音。

凌风这样想着,轻轻叹着气,回到休息的地方。

静若明镜的海面上泛着粼粼波光，如闪亮的钻石一直被反射到遥远的天际。

如果海天交接的地方有一个很大的斜坡，坐在那里是不是就能看得更远？因为自己脑海里有着与小果儿一般天真的遐想，小容自己忍不住笑了起来。

对小果儿而言，眼前帅气的拉布拉多、阳光浴、银色小汽车，这些全都是他从未经历过的。因为新奇的事物，第一次拍广告的小果儿并不害怕，他专心致志地跟着凌风屁股后面转悠着。

见小果儿老黏着自己，凌风便回头问他："唔，今天小果儿同学为什么不黏老师了？"

小果儿看看远远坐在一边的小容，说："老师说，在这里要听导演的。"

"咦，突然懂事了？来，亲一个。"凌风伸手摸摸小果儿的头，弯下身凑近他右边的小脸蛋儿准备亲亲，没想到小果儿突然转过去将左边脸蛋儿贴了过来。凌风亲了一口，问他，"为什么那边不让亲啊？"

"那边老师早上亲过。"小果儿一脸认真的样子一字一句地回答凌风。

"坏小子，真鬼啊！"凌风实在忍不住又用手轻轻捏了捏小果儿粉嘟嘟的小脸，才放他走。

一脸坏笑的小果儿径直跑到小容跟前，爬到她旁边的凳子上坐着。

"老师，你到那边去过吗？"小果儿指着海天相接的地方，问她。

小容笑笑，冲小果儿摇了摇头。

"那小果儿下次再和老师一起去那边。"

她笑笑，冲小果儿点了点头。

"导演说明天放假，我们明天去吗？"

不行，那里太远了，一天时间不够的。

她用手语告诉小果儿。

"导演说是因为小果儿听话，明天才会放假的。"

小容伸手摸摸小果儿的头发，冲他鼓励地笑了笑，然后向他竖起了大拇指。

拍摄过程中有个场景是小果儿从车上下来，拉布拉多跑过来咬住他的裤腿往海边拽。可拉布拉多好像总提不起神来，试了好几次都以失败而告终。

狗狗的主人想尽了办法，可傲气的拉布拉多依然不愿意搭理任何人，只是趴在沙滩上打盹。就在大家都没法子的时候，一旁的小容将写好的贴纸给凌风，问他：

"可以让我试试吗？"

凌风点点头，答应了。

小容慢慢走到狗狗旁边，蹲下来看了看狗狗，又拿起地上的食盒闻了闻，将剩下的一些狗粮弄到小果儿的裤腿上。

"可以试一下看看。"

她告诉凌风。

每个人又回到自己的工作岗位上。

打开车门,小果儿从车上下来,狗狗跑过来先是绕着小果儿转了一圈,再一圈,它好像找准了食物气味的位置,咬住小果儿的裤腿死拽着不放……

最终,整个拍摄过程很顺利地完成了。

"小容,多亏你了。"凌风笑着说。

没什么。

她冲眼前的凌风笑了笑。

"摄制组决定后天再回去,你明天想去什么地方玩吗?"凌风问她。

她摇摇头。

"明天我没什么事情,不如带小果儿去附近逛市集?"凌风看了看一旁玩得开心的小果儿,向她建议。

她点点头。

"太好了,小果儿要是知道可以去玩一定非常开心。"

此刻的凌风,比即将听到这个消息的小果儿更开心。

他并不知道,自己即将开始的是一段永远不会抵达终点的爱情历程,如同只拥有孤独端点的射线般,盲目地上路。

6.

罗瑞敲门进来时,陆晨光正对着电脑屏幕,查看财务部交上来的报表。

"罗瑞你来了,等我一会儿,快看完了。今天晚上你可得小心那几个日本人。"陆晨光嘴上对他说着,可目光依然停留在电脑屏幕上。

"晨光,你上次要我调查的事情有音讯了。"罗瑞说着,将手中的信封放在陆晨光的手边。

"真的?她现在在哪儿?"听到罗瑞的话,陆晨光放下手头的事情,从桌子后面走了出来。

"只了解到那个女孩儿爷爷的消息。据说老人是暮云镇人,有一个儿子。老人过世后,他的孙女便没有再就读这边的学校,估计是被父母接回去了。只要去暮云镇找到老人的孩子,相信问题很容易就解决了。"

"什么镇?"

"暮云镇,好像是覃县境内的一个海岛。"

陆晨光突然记起什么似的,迅速将电脑关闭,从抽屉里拿了钥匙,边穿外套边对罗瑞说:"罗瑞,今天晚上饭店那边你先去应付一下,实在不行的话另外再和他们约时间。"

"现在这么迟了,你要去哪里?那些日本人可是特地为了合约的事情来的。"

"暮云镇。"

"都已经快 7 点了,去那里少说也得 4 个小时,上岛的渡轮也不知道开到几点,况且你从来没去过……"罗瑞听说陆晨光要去暮云镇,忍不住有些担心地说着。

"好了,大管家,就按我说的做吧。俗话不是说'路在嘴上'吗?"陆晨光说完,消失在办公室门口。

干燥的空气让人想到因为漂洗而颜色一再变浅的素布,他关上车门的时候,似乎闻到了某种洁净的香味。

巨大的法国梧桐在路两边依次排开列队等着他。

不知道为什么,他突然想象着天下起雨来,他在淫雨霏霏的夜晚敲响她的家门,那为他开门撑伞拭去路途风尘的女子就是轻雨。

他甚至仿佛能听到两个人坐在乡村木屋里的暖炉边说了些什么,看到她端过来的茶里放了自己喜欢的薄荷。

但这些都只是想象。

车窗外依旧是城市里永不绝迹的喧嚣,忙忙碌碌的人群正完成各自的使命。

陆晨光跟随一个庞大的队伍,将车停在斑马线后面的区域内,缓慢前行的时间里,他将头往后靠着等待。

过了十字路口,陆晨光将印着肯德基大叔头像的袋子放在驾驶座旁边的座位上,又将地图打开看了看,将车驶上了通往城外的公路。

最后一班渡轮正在离暮云镇不远的地方召唤着他,往事则守在他必经的路边——

小男孩儿放学回来,走到弄堂口准备去卤水豆干店爷爷家的时候,听见买菜回来的房东太太和两个邻居婶姨在弄堂口说话。
"你们不晓得,有个男的来找她,有两次都被我看见,两个人在屋子待了好半天。"
看见房东太太说话时一脸鄙夷的神态,他狠狠地咬着自己的嘴唇。
当他走到小店侧门边准备敲门的时候,听到另外一个人在说:"那孩子还蛮乖巧的,看样子有八九岁了吧。"
可能是直觉驱使,他总觉得她们在谈论的话题与自己有关。他便将手收了回来,站在墙边听着房东太太她们说话。
"只怕连她自己都不晓得那小孩儿的是哪个的种!"
"作孽哟。"
"不是说来找丈夫的?"
"如果真是来找丈夫,怎么又与别的男人偷偷摸摸地见面,怕是见不得光哟。"
"依我看,用不着每天装模作样出去捡啊卖的,干脆……"
后面的话变成了耳语,他听到那边传过来一阵窃笑。他觉得自己心里猛烈地翻涌着,难受极了。

"小泽，这么冷，怎么不进去啊？"放学回来的轻雨看到他坐在地上，伸手想去拉他站起来。没想到他却突然自己站起来，头也不抬地往弄堂外面的街上跑。

"小泽你去哪里？"任轻雨怎么喊也没用，他很快跑出弄堂口，已经看不见他的身影了。

他一个人在街上没有目的地走着，那句"不晓得那小孩儿是哪个的种"反反复复在脑海里轰鸣回响。

"瞧谁来了，是我们的低年级小弟弟。"

他抬起头，看见那几个高年级男生站在街口，正用挑衅的目光望着自己。

他没有理会他们，自己径直往前面走。

"喂！喂！叫你呢，捡破烂的小野种。"

上次抢他书包的高个男孩儿跑过来拦在他前面，后面几个人跟着围了过来，目光都落在了他穿的鹅黄色的灯芯绒面棉袄上。

"把它脱下来。"不知道谁说了一句，其中一个男孩子便伸手来拽他身上的衣服。

"别碰我！"他用力甩开了那双手，抬眼狠狠地瞪着他们。

"怎么？不愿意？脱下来，乡巴佬！"说着，几个人一起动手来扒他身上的衣服。

"你们要干什么？我不脱，不脱！不脱！"

像变了个人似的，他用两只手死死抓住衣服前襟，猫着腰，背对着他们蹲在地上大声吼着。

"今天可没人帮你，乡巴佬！"说完，一伙人全围过来对着地上的他撕扯起来。

即使这样，他还是死死抱住前胸，不让他们脱身上的衣服。几个家伙见自己始终无从下手，便放弃了。于是，密密麻麻的拳脚纷纷落在他的背上。

天黑了才回家的小男孩儿一进门，便遭到妈妈的严厉质问："小泽，你没在卤水豆干店爷爷那儿写作业，跑哪里去了？"

他低头望着自己的脚尖，不说话。

妈妈将他拉到自己跟前，看到他全身的土，还有凌乱的头发，生气地问："是不是跟人打架了？"

他还是不说话。

"你怎么这么不听话？竟然打起架来了。去把小凳子拿过来，你自己知道该怎么做。"妈妈指着床边的小凳子，对他喊着。

他站在那里一动不动。

"怎么？没听到我说话？去啊！"

脚下像生了根似的，他仍旧站在那里一动不动，脑子里响起的全是下午在弄堂口听到的那些话。

可是，妈妈怎么会是她们说的那种人？

"去啊！"

妈妈的声音再次响起来时，他抬头看了妈妈一眼，走到墙角将小凳子对着门放好，跪了上去。跪在小凳子上，他低头看了看身上被弄脏的衣服，时不时伸出手在衣襟上拍打着，将脏的东西拍掉。

将灰拍干净,他又时不时用手在绒面上摩挲着。这样的地方,这样的冬天,只有它让人觉得很温暖。

车子的灯光穿透夜色,将黑夜一点点撕裂在后面。

7.

整个暮云镇都坐落在一个海岛上。

起初,这里也就是个只有三五十户人家的渔村,每月两次的传统渔市吸引了许多想买鲜货的人,他们纷纷渡海来此,才令小渔村渐渐繁荣起来。现在,独特的海产工艺品、老字号渔具行、北海湾最好的潜水点,以及天然的海滨风光,早就让暮云镇声名远扬。

"叔叔,这里有木马吗?"两个大人牵着小果儿在集市上闲逛,小果儿突然抬头问一边的凌风。

"这里没有木马,可是有海马啊。"凌风说着,低头望着小果儿神秘地笑了笑。

"我要坐海马!我要坐海马!"小果儿高兴地喊起来。

一旁的小容看着小果儿开心的样子,也笑了起来。

凌风忙向他解释:"小果儿,海马是不能坐的,只能看。"

"为什么？"

"因为它很可爱，小果儿舍不得坐它身上。"

"叔叔，那我们今天可以看到它吗？"

"当然。不过，看海马之前，咱们得先填饱肚子。"凌风指着满条街的小吃，摸摸小果儿的肚子，然后抱着他用力一举，让小果儿骑在自己的肩上。

这样，三个人沿着小吃街一路走走停停尝尝。凌风时不时逗逗肩上的小果儿，惹得他不停地笑着。

"小果儿，快看，小海马！"走到海产品市场门口的一个小摊前面，凌风将小果儿从肩上放了下来，指着玻璃水箱里的小海马让小果儿看。

几只身体半透明的银色小海马在水箱里快乐地游着，像一架架微型升降机。

"老师快看，它的鼻子好长，眼睛好大。"

一旁的小容看着这叽叽喳喳的一大一小，开心地笑着。

"叔叔，为什么它长得和马不一样？马那么大，它却这么小……"

小果儿，海马和马是不一样的，就像木鱼和鱼虽然名字相似，却是不一样的东西。

小容拍拍他的肩膀，用手比画着告诉他。

"老师，它的皮肤好薄。"

"小果儿喜欢小海马，我们把它带回去吧。"凌风弯腰问聚精会神望着玻璃水箱的小家伙。

"真的可以吗？"他扭头看着凌风，十分惊喜的样子。

"当然。"

凌风说着转身问摊主："老板，这个怎么卖？"

"您要是想买回去自己养的话，我这里有海马卵出售，你可以买回去按照上面说的比例兑好海水就可以养活了，免得你一路上带着这样的小海马不方便。"

"好啊，谢谢老板。"凌风接过摊主手上递过来的密封小罐子，转身将它给了身边将眼睛睁得老大的小果儿，说，"小果儿，这些海马卵全归你了，回去会孵出很多的小海马。"

小果儿接过小罐子，说了句"谢谢叔叔"后，仔细端详起来。他很认真地问身边的凌风："叔叔，它们会和箱子里的海马长得一样可爱吗？"

"当然。"

"它们都会有名字吗？"

"当然，如果小果儿能替它们一个个都取名字的话。"

一旁的小容看着这两个人你一言我一语的，只是微微笑着。

小果儿转过身，将手里的小罐子交给小容，对她说："老师，这是小果儿送给你的，以后由老师给它们取名字，反正要有一只小海马叫'小果儿'。"

"小子，叫多一、多二、多三，不是更好吗？"凌风用手捏了捏小果儿的小鼻子，又将他重新放回自己肩上。

穿过巨大的海产品市场，走过一个长坡，就到了海边，恬静的海湾紧依着通往镇外的公路仰躺在这里。

小容向海湾望去，看到泊满了渔船的海港，暮色让它看起来有些哀伤；凌风则望向了另一个相反的方向，那是海天相接处的满天霞光，绚丽璀璨得让人目眩神迷。

谢谢你带我们来逛市集。

她在便笺本上写下这句话，举到了凌风眼前。

小果儿趴在凌风背上，已经睡着了。小家伙的身体被凌风的外套包得严严实实的，只留出个头来，贴在凌风的肩上。

"我很久没有像今天玩得这么开心了，还得谢谢小容老师和小果儿同学。"凌风转过头来看了她一眼，笑着说。

这里很漂亮。

她写好后又拿给凌风看。

"小容……"

凌风突然叫了她一声，听到他叫自己的小容连忙回头去看他时，凌风却又沉默起来。

两个人沿着长长的海岸线慢慢地走着，旁边的公路上偶尔驶过几辆离城或返城的汽车，周围安静极了。

"我们该回去了。"

突然意识到离集镇越来越远的小容连忙伸手扯了扯凌风的衣襟，做着手势。

凌风看完后忙说："是啊，越走越远了。"说完呵呵笑了笑，背着小果儿往回走。

"我外套前面的口袋里有个盒子,你……把它拿出来吧。"沉默着往前走了一会儿,凌风突然对身边的小容说。

小容将手伸进包着小果儿的衣服口袋里,里面有个硬邦邦的东西。她将它拿了出来,举到凌风眼前。

是个白色的小盒子。

凌风看了小盒子一眼,然后对她说:"你把它打开。"

她小心翼翼地将盒子打开,看见一粒黑色的珍珠。有些意外的小容扭头看着凌风,眼里透露出询问的目光。

"送给你,就当这次合作的纪念吧。"

小容一听是送给自己的,连忙冲凌风摇头摆手,表示不能要。

"放心,是很便宜的东西,刚刚在地摊上看到,觉得它样子特别就买了。你若不要的话,我拿着它也没什么用。"

听凌风这么一说,她端详着手上的珍珠,才没有了刚才的紧张神情。

谢谢,它很漂亮。

小容用笔在纸上写下这些字后,高兴地将盒子收起来。她一边走,一边时不时地替凌风背上的小果儿拢着衣服,三个人朝来时的方向慢慢走去。

此刻,汽车从不远处的公路上急驰而过,驾驶座上的陆晨光望着前面,表情木然。他动作利落地将手中的烟头弹出窗外的瞬间,瞥见了沙滩上正在散步的男人和女人。那男人的背上,是他们已经入睡的孩子。

和所爱的人在一起,有自己的孩子,有家,这是多么简单的事情。

在陆晨光看来,却那么曲折。

8.

汽车在渡口停了下来。

早早出现的答案让一切期望都变成不可能了,幻想破灭后的难过让他憎恨自己一直以来急切地寻找。似乎是自己没有缘由地找寻导致了轻雨的离开,他毫无道理的自责将自己逼到死角,难受到极致却仍然没有流下一滴眼泪的陆晨光终于爆发了,望着眼前孤独的海岸线,他歇斯底里地吼了出来。

长长的叫啸声刺破霞光的柔美与恬静,然后又迷失在浓密得无法释放的橙红色夕阳中。

他想到自己找寻一天得到的消息,早知道是这样的结果,当初不去寻找会更好。至少在他心里,她会一直活在这世上的某一个角落。

可是,茶楼里那些老人说的话,不时地冒出来提醒他事实的真相——

当时，陆晨光找到那家茶楼的时候已经是下午。

陆晨光走进一楼古色古香的厅堂，里面很冷清，除了几个卖茶叶的年轻女孩儿聊天的声音，就只剩下电视里播放的暮云茶文化短片的声音。他从旁边的木楼梯上到二楼，看见几个老人围坐在茶桌旁正喝着茶晒着太阳聊着天，他走过去在老人们身边坐下，笑着和他们打了个招呼。

"老人家，打扰了，我想向您打听个人，叫张之全，大概四五十岁的样子，也住这岛上，他的父亲以前是开卤水豆干店的。"

"卤水豆干店？你说的是以前胜昌门的豆干张吧。"

"您认识他，那您知道他住哪里吗？"

"早死了，他在世时也很少回这里。"

"那他的儿子呢？您知道他住哪里吗？"

"他很早就没住在岛上了，那宅子……是空的，从他们搬走后就没人住过。"

"在外面好好的，回来没多久，就走了。唉，那房子……晦气。"

"也是。先是爷爷，然后是孙女……"

"老人家，您说什么？谁的孙女？"

"豆干张的孙女啊，也不知道得的是什么病……家里人带她住到别的地方去了。"

"可能是张家那房子……"

"唉，小小年纪，说是遗传她家里人……"

"小伙子，你是他们家什么人呢？"

"……"

他只觉得自己的脑袋里嗡嗡作响,老人们还说了些什么话他都听不见了。他甚至不知道自己是怎么下楼来,也不清楚自己是怎样走回停车的地方。

车内收音机里的中年男声用带着地方口音的普通话讲述宫保鱼唇的做法。

无法缓过神来的片刻,陆晨光觉得全身好像被束缚太久而变得麻木,手脚像失去了协调一样不听使唤。

没有想象中的淫雨霏霏,也没有薄荷茶。

他按下了车载电话的拨出键,接通了罗瑞的电话:"罗瑞,有空陪我喝一杯吧。"

在公司顶层的酒吧里,罗瑞比陆晨光要来得早。他刚要了杯白开水,抬头就看见陆晨光神情憔悴地走了进来。

"怎么了?"罗瑞看出眼前这个年轻老板有些情绪反常。

"没什么,你平时喜欢喝什么?"

"如果不是应酬,我从不喝酒。如果是应酬的话,对方喝什么我就喝什么。"

"两杯 La-abita。"陆晨光对吧台服务生说了一句。

"还是一杯吧,另一杯换蓝色 Kaka,谢谢。"罗瑞叫住了吧台服务生,交代着。酒端上来后,罗瑞将蓝色 Kaka 给了陆晨光,La-abita 则放在了自己面前。

"你有没有遇到过一些连自己也解释不了的事情?"一直沉默只顾喝酒的陆晨光突然扭头问身边的罗瑞。

"没有,因为世间一切都是可以解释的。"罗瑞很肯定地回答了他。

陆晨光放下手中的杯子,扭头盯着罗瑞。

见陆晨光一脸的不相信,罗瑞反问他:"你不相信?那你说说你解释不了的事情吧。"说完他又补充一句,"解释不了的原因一般都是因为方法不对,或者是分析角度不正确、心态不好。第一种情况是不成立的,因为方法总是比问题多,我觉得你应该属于后者……"

罗瑞还没有说完,陆晨光突然打断了他:"你有喜欢的人吗?"

"难道你喜欢的是,你叫我去找的女孩儿?"这不是平日里果敢自信的陆晨光,罗瑞看着陆晨光,有些隐隐地担心起来。

"岛上的人真的认识卤水豆干店爷爷,也认识她的父亲,她15岁的时候得了奇怪的家族遗传病,为了治疗她的病,所以搬家离开了那里。我有种很奇怪的感觉,你说她会不会……"陆晨光说着端起酒杯猛喝一口。

"她现在一定会好好地活着,不是说搬家就是为了治病吗?说不定她现在就在我们周围不远的地方好好地生活。"罗瑞连忙抢过他的话,伸手拍拍他的肩,安慰着他。

"她的姑姑,还有爷爷,都是得同样的病离世离开的。我总在担心……"

"别那么想,现在医学这么发达,一定会没事的。"

"我真后悔自己去找她……之前,我总觉得她就生活在离我不远的地方,我们可能会碰巧再遇见,哪怕我们真的擦肩而过却没能认出对方,可至少她会好好地拥有自己的生活。若我没有这样一直地找,她似乎就会一直好好的。"

陆晨光的自责让罗瑞很意外,他劝慰着陆晨光:"很多人都会有这样的经历,将根本没有发生的事情归结于自己的行为。举个例子,有人早晨去上班,下楼后突然想起自己做完早餐没关天然气阀门,于是回去检查,结果关好了。于是再出门,走到车站记起刚才关门没有将钥匙取下来,于是又折回去,结果发现门上没有钥匙,钥匙放在手包最里层,于是又再次下楼……"

罗瑞认真分析的耐心让陆晨光投降了,他只好打断了罗瑞:"罗瑞,我知道你是想说我有强迫症。"说完将蓝色Kaka一饮而尽。

"也不是,只是你现在的样子一点儿也不像平时的陆晨光。"

罗瑞说的也是真心话。

"你今天这么善解人意,也不像古板的罗瑞。"

说完,两个人望着彼此笑了笑。

"好啦,继续找她的事情,你还是交给我吧。现在我先送你回去。"罗瑞见陆晨光喝了不少,有些担心地对他说。

"不用,我自己回去。"

说着,陆晨光抓起桌上的钥匙放进口袋离开座位。

罗瑞跟在他后面追了出来,说:"那你别开车,打车吧。"

"……"

开车回到住处时,时间已过了凌晨1点。

宽敞的起居室内,黑色水晶框的大显示屏幕亮起来,一个女人系上围裙进厨房时回头冲房间里的陆晨光温和地笑了笑,不见了。他拿起手边的遥控器按下静音键,将外套脱下扔在沙发上,倒头把自己摔到床上。

星期天,太阳透过窗户照到了小男孩儿的小床上,他睁开眼睛,发现妈妈不在屋子里。穿好衣服,挤好牙膏的他去院子里刷牙时,听见妈妈正在院子外面和谁说着话似的。他走到门口,看见妈妈的背影,还有一个陌生男人的脸。

陌生男人将一个信封塞到妈妈手中,转身走了。小男孩儿连忙躲回屋里,想起房东太太和邻居婶姨们的话,心里难受极了。

第二天,妈妈将钱放进书包后递给他时,他几乎是带着怨气夺过书包出的院子。他没有像平时一样和妈妈说再见,也没有去学校,而是背着书包去了江边。

他在江边瞎逛,捏着那几张用来交书杂费的纸币坐到天黑才往家走。

"小泽,你跑哪里去了?快走吧。"还没到弄堂口,一直等在那里的轻雨一把拽住他便往街上跑。

"去哪里啊?"

"医院,阿姨……你妈妈她……在医院里。"

因为着急,轻雨说起话来有些口齿不清楚。

听到医院两个字的时候,他心里莫名地害怕起来,好像眼前的街道全是棉花铺成似的,他使劲抓着轻雨的手用力地跑着,脚下是软的,脸上全是眼泪。

一进医院的走廊,卤水豆干店的爷爷便过来抱住了他,带他穿过一扇窄窄的门。

他看见妈妈表情漠然地躺在白色的床上。

他用劲地喊着:"妈妈……"

妈妈却再也没有睁开眼睛看他。

他后悔自己早晨没有和妈妈说再见,憎恨自己从妈妈手中夺过书包时的样子,他不知道自己怎么做,妈妈才会睁开眼睛望着自己说:"小泽饿了吗?再等等,饭马上就好了啊。"

他意识到一切都无法改变的时候,在医院里大声哭起来。那声音像一个任性至极的孩子丢失了明知不可找回的物品,却仍然无理取闹似的一味索要,任谁哄他都无济于事。

几天后,他被那个和妈妈在院门外说话的陌生男人带出了院子的大门。

走到弄堂口的时候,轻雨追了出来,将一个卷好的纸筒给了他。那里面,是他喜欢的已经上好了颜色的骑大马的张飞。

骑大马的张飞被他用纸裱好后,被端端正正地镶进了矩形的镜框里。此刻,那黑脸张飞正端坐床头,望着神情黯然的陆晨光。

他将自己的脑袋塞进枕头下面,希望与往事无关的梦能将自己带去别的地方。

9.

"换大米换大米换大米呀……"

手机铃声响了,他努力想睁开眼睛,可觉得周身乏力。

响了几下后,铃声真的识趣地停止了。

没过多久,电话又接着响了起来,仍旧是一副不依不饶的架势。

他几乎是挣扎着伸手去够床头的电话,然后拿到耳边。

"对不起晨光,今天的新人公益宣传活动你还要亲自去吗?"电话里是罗瑞的声音。

"你去吧。"陆晨光含糊地说了一句后,将电话扔到了一边,又躺了回去。

罗瑞放下电话,去了企宣部。

10.

红桥保育院人工湖中的雕塑被洗刷一新,与小广场上临时搭建的舞台遥相呼应。媒体记者们陆陆续续聚集在湖边,都抢着报道晨光传媒的新闻。

孩子们的舞蹈活动室改成了临时的化妆间。地上堆放着大大小小的行李包,桌上散落着没有来得及收拾的各种物品:唇膏、一次性纸杯、化妆包、翻到一半后搁在角落里的彩页杂志……

艺人的忠实 FUNS 们将由人工湖通往小广场的路围了个水泄不通。保育院孩子们的座位安排在最好的位置,小容和孩子们坐在一起,认真看着舞台上的表演。

热歌劲舞只是做渲染。

"下面请我们这一季的杂志封面公主——绿笙!"

绿笙?

小容紧紧盯着舞台中央,当她看见眉眼明媚的卷发女子出现在舞台上时,开心地笑了。

果真是绿笙,少年时代的邻家妹妹绿笙。

摩天轮的脚步轻轻流转
天与地的交界是我们的等待
约定好的地方
你一直不曾到来
……

虽然她没听过绿笙演唱的歌曲,但那声音婉转动人,温情伤感,她想象不出自己平凡的人生之外,他们都有着这样让人始料未及的变化。

人生是怎样的奇妙呢?

在时间将世间的事翻阅过许多页之后,你会在一个阳光明媚的下午坐在一群人中,看着一个自己曾经那么熟悉的人唱着陌生的歌。

往事不会再出现,可它在你的心底渐渐涌动起来,一浪高过一浪,而面前这个近在咫尺的人什么也不会知道。

时间的妙药,也是如此,它让一切美好,伴随着怅然若失的遗憾。

"小泽,走吧。"星期天下午,轻雨来院子里叫小男孩儿一起去书店。此时,绿笙跟在她的爸爸身后,从舞蹈训练班回来。

"轻雨姐姐,我也要和你们一起去。"绿笙甜甜地叫着轻雨姐姐,加入到这个小伙伴队伍中来。

"好啊。"轻雨高兴地答应着。

一旁的小泽却犟着后脑勺儿,一个人走着。

在路上,小泽站在轻雨左边,绿笙跟在左边。小泽躲到轻雨右边,绿笙就跟在右边。小泽只好走到前面,绿笙又跟去前面。

轻雨怀里抱着自己描画的本子,走在后面望着两个人的背影,笑着追上他们。

轻雨和小泽一人找了本自己喜欢的书,坐在书架中间的空地方开始看起来。只有绿笙，担心坐在地上会弄脏自己的衣服，站在一旁到处找着，看有什么可以拿来垫一下。

"这个给你垫一会儿，不过你别乱动，弄坏里面的画纸。"轻雨将手里的描画本子给了绿笙。

"我不会的。"绿笙高高兴兴地在小泽和轻雨中间坐了下来。

"这张真好看。"没事拿着画本开始翻看的绿笙，指着画本里一张红楼梦人物图对轻雨说。

"我喜欢这张。"轻雨指着骑马张飞的那张说。

"这个人的样子真丑，还有胡子。"绿笙望着张飞，做着鬼脸说。

一旁的小泽不说话，只是专心看着手里的天文故事书。

眼前闪烁着耀眼光芒的新星就是当年的小女孩儿，绿笙的变化像梦一般不可思议。

爷爷回老家去再也没有回来的那个寒假，是小容人生中最漫长无助的日子。卤水豆干店因为租约到期被房东收了回去，她不得不辍学。在独自一人去墓园看过妈妈后，她便成了四处流浪的孩子。

她变得不喜欢说话，时间一久，便渐渐习惯了不说话。

直到保育院院长将昏迷在街边的她带回保育院，那时，她已经有了严重的语言障碍。之后的十多年，她再也没有开口说过话，也没有离开过这所保育院。

小泽呢？他还好吗？

这样想着的她，内心涌起一股暖流。他一定会生活得很好，因为从他被带走的那个冬天开始，自己就每天为他祈祷，直到现在。

节目结束了，狂热的少男少女们渐渐散去。

舞台变得空荡荡的，有人开始将舞台上的东西一一拆去。

人与人之间的相聚终场，也都是一样的结局吧。往事的布景被时间一一拆去，相识的人却被记忆之网缝合在心里，如同琥珀中的小世界，永远定格在那个瞬间。

小容离开座位，往人工湖的方向走。

"嗯，是我。"

"这样啊，今天我还有课，恐怕去不了。"

"要不明天晚上吧。"

"哦，那也好。"

"好吧，再联系。"

小容听到身后有个女孩儿的声音在讲电话，接着突然听到"呀"的一声，什么东西散落一地。她连忙转身，看见散落一地的口红啊、睫毛膏啊、眉笔啊、粉刷啊，一脸愁相的绿笙拖着行李袋站在她面前。

她连忙跑过去帮绿笙捡地上的东西。

绿笙将小化妆包的拉链重新拉好，对她说："谢谢你。"

绿笙的声音很温柔，不再是以前甜腻腻的声音。

她笑笑，向眼前的绿笙摆了摆手表示"没关系"。看着绿笙冲自己露出的笑脸，她开心地用手语说：

"绿笙，你还记得我吗？"

"哦……实在对不起，我看不懂这个……"

看不明白手语的绿笙一头雾水，望着眼前这个用手语"说话"的年轻女子，温和地胡乱地比画着并说着抱歉的话。

"我帮你吧。"

她只好笑笑，用手指着院门的方向，又指了指自己，拿过绿笙脚边的行李袋，径直朝大门走去。

"请问，我们是不是在哪里见过？"走到保育院大门口，总觉得自己曾经见过眼前这个手语女子的绿笙，忍不住问她。

看着已经上出租车的绿笙，小容只是向她笑着挥手。

第三章
梦见苜蓿的田野

XINGXING
SHIQULEZIJIDEMINGZI

梦见苜蓿的田野
一阵高过一阵的绿色海浪
我正老去

1.

从大楼里面出来,小容老师将手里的报纸随手扔进了旁边的垃圾桶内。按照上面的地址,她上午去了远些的东城,下午去的这两个地方较近。这样,她才能早些回医院陪爸爸一起吃晚饭。

这是她第一次想要拥有一份与保育院无关的工作,因为爸爸,她想靠自己的努力为爸爸治病。可是,这几天被面试单位拒绝的原因几乎全是一样的,尽管他们都没有直接说,她心里却很清楚,只是因为她不能像别人那样说话。

"一起去坐车吗?"

"还有一家公司没去。"

"算了,都快六点了,人家都下班了。"

"那一起去吃东西?"

"……"

走在她前面的两个人你一言我一语地说着,其中一个人将手里的报纸随手扔在了路边。

她将路边的报纸捡起来,准备扔进垃圾桶内,上面的一条信息吸引了她的目光——

招聘糕点师助手。40岁以下,性别不限,无须工作经验……

她将报纸拿起来,按照上面的地址找到了需要招聘糕点师助手的地方——晨光传媒顶层的员工餐厅。

接待她的是一个年纪约 50 来岁的中年男人。

"以前有没有从事过这方面的工作?"

"没有。"

中年大叔抬头看了她一眼,没有再问什么,直接就说:"对不起,小姑娘,我们这里已经不缺人手了。"

可是,报纸上明明……

"哦,我们今天刚找到……"一见她用手语比画的样子,中年大叔有些迫不及待地分辩着。

"哦,对不起,打扰了。"

她点头表示谢意后,拿着报纸从里面的小办公室走到外面的餐厅里。

已经过了晚餐时间的餐厅,只有零星的人在座位上吃东西,洋葱、土豆还有别的无法一一分辨的香味刺激着她的味蕾,让她猛地咽了咽口水。

好饿啊。想到医院的爸爸,她又吞了吞口水,朝出口处走。

"是你?怎么到这里来了?"

她一抬头,看见突然出现在眼前的凌风,却无法开心地笑出来。

"怎么了?"

像是看透她的心事似的,凌风低头认真地问起来。

"没什么。我该走了。"

她将手慢慢放回原来的位置，朝电梯口走去。

"等一下，你……发生什么事情了吗？你有认识的人在这里？"

她只好微微笑了笑，用手比画着——

"我是来找工作的，原来你在这里工作啊。"

"找工作？"

"是啊，不过这里已经不需要人了。对了，我得走了，再见。"

电梯门在两个人的身边张开大口，凌风还没来得及回神过来，她已经走了进去。

迅速合闭上的银灰色电梯门，将凌风独自留在了门口。

"对了，老杨，餐厅最近在招人吗？"回到餐厅里的凌风，一边剥着咸水花生，一边问坐在自己对面的老杨。

"是啊，要求那么低反而找不到合适的人，真是头疼。"老杨夹了一粒花生放进嘴里，说着。

"还没找到吗？"凌风问他。

"来问的人一听说这个糕点师傅的助手还要做许多厨房的事情便都跑了。"老杨说着摇了摇头。

"糕点师傅不就是做糕点吗？"凌风抬头问老杨。

"不用，只要手脚勤快就好了，平时厨房早晨总是忙不过来。"老杨一副愁容。

"那现在还要人吗？"

"当然。"

凌风想到昨天在餐厅遇见小容老师的情形,他对老杨说了句"我下午带个人来"之后,便跑出了餐厅。

2.

糕点房里的烤面包机亮着指示灯,空气里的甜香味让她有些头晕。她想到整天在花店里工作,也能体会到像现在这样幸福得即将晕倒的感觉吧。

"老杨,你在哪里找的这么手脚利索的人?比起前几天那几个,真是一个天上一个地下呀。"糕点房的许师傅一边和面,一边对刚进来的老杨说着。旁边的小容老师将弄好形状的面团在盘子里摆好,放进烤箱,然后又开始清洗不锈钢桶。

"那得谢谢小索,小容是他介绍来的朋友呢。"老杨笑着看看忙碌的小容老师,想到自己昨天对她所抱有的成见,觉得惭愧起来。

"小容,这糕点房事情多,你有什么不明白的就和我说啊。"许师傅说着,将手里的面团从中间分开。

她点点头,冲许师傅开心地笑了笑。

下班前,她将糕点房里收拾干净后,将案台下面的糕点制作彩页册拿在手里,走到了许师傅面前。

"许师傅,我可以将这个带回去看吗?"

她比画着对许师傅指指手里的册子。

"当然可以。你想学做糕点?"许师傅问她。

她笑着点点头。

"拿回去看吧,有什么不知道的记得问我。"许师傅说着,将湿漉漉的手在白色毛巾上擦干,取下帽子,解下身上的白色外套。

"谢谢许师傅。"

将糕点制作彩页册放进随身的布包内,小容老师高兴地出了糕点房。

翻开书,有英式的、法式的、葡式的、荷式的糕点制作方法,那些体现精巧与细致的制作工序,让一堆普通的面粉变成各种各样的面包,这精细的魔术让她雀跃不已。她比较喜欢荷式的糕点,它所透露出的田园质朴气息更能体现食物带来的温暖感受。

平时闲下来的时候,她便拿出糕点册出来翻看。许师傅做糕点的时候,她总会认真地守在一旁仔细盯着,不愿意错过任何一个环节。

"切的时候下手要快准,用力均匀,还有就是叠拉的力度与摆放的次序……"

"蛋清要刷均匀,230度,15分钟,不能太心急……"

许师傅没事的时候就在她耳边叨着。

"小容,先别忙这里,你到外面去,有客人来了。"许师傅对身后的小容老师说着,将她手里的打蛋器拿了过来。

小容老师回头,看见凌风坐在糕点房外面的餐区。

她笑笑,拿起手边的夹子,端起一个干净的小盘子,夹了刚刚出炉的两个面包放进去后,来到凌风面前。将盘子在他面前放下后,她在他对面的凳子上坐了下来。

"这是刚刚做好的,尝尝看。"

她指指盘子里黄灿灿的面包,示意他尝尝。

"你做的?"凌风拿起一个,塞进嘴里。

她摇摇头。

"好吃吗?"

"嗯……请问,还有吗?"他指着空了的盘子问面前的她。

"还要啊。"

她瞪大眼睛,看着吃得津津有味的凌风,笑了起来。

"不用花钱啊。"凌风一边说着,一边孩子气地冲她笑了起来,嘴里还咬着最后半个面包。

她转身回到糕点房,将烤箱打开,将里面一只扭结面包放在小盘子里,端到凌风面前。

"试试看。"

他将面包拿起来,轻轻咬了一口,接着在她的注视下一口一口地吃完了整个面包。过了一会儿,他才问:"这个是你做的?"

她露出笑脸,用力地点了点头。

"是和之前完全不一样的感觉,让人有种……期待着的回味。"

凌风说着,抬头看着眼前的小容老师,一脸的陶醉模样。

"这是荷式双色结,是我第一次自己做的糕点。"

"看来把你介绍来这里真是一点儿都没错,以后我可有口福啦。"凌风说着冲她顽皮而得意地笑着。

"别太高兴啦,吃完以后得说感受的。"

"知道,可不知道这样的待遇会有多久,会一直持续下去吗?"

"可美得你了。好了,我该回去忙了。"

她望了望糕点房里许师傅忙碌的身影,转身准备离开员工餐厅的小桌子。

"我回办公室了。你烤的面包,好吃。"凌风站起来,木讷地笑着。

他抬眼,看见餐厅西面的白色墙上挂着巨大的电子钟,钟面闪烁着以秒计量的时间,慢过他的心跳。

3.

为了准备上午的会议,陆晨光又错过了早餐时间。

从会议室出来准备回办公室的陆晨光,突然想详细看一下刚才会议上讨论的策划案，便进了罗瑞的办公室。

"罗瑞，罗瑞？"

罗瑞办公室里没有人，准备退身出来的陆晨光瞥见了罗瑞桌上纸碗中的卤水鸡蛋，忍不住吞了吞口水。回到走廊上的他，听见自己肚子里"咕咕咕"响了几下，想到刚才见过的卤水鸡蛋，他又进了罗瑞的办公室，端起了装着卤水鸡蛋的纸碗，坐在沙发津津有味地吃了起来。

卤水的香味有种似曾熟悉的味道。他想到可能是自己太饿，吃什么都很香的缘故吧。

吃完鸡蛋，罗瑞还没有回来，陆晨光回了自己办公室。

"罗瑞，你等下将刚才会议上的策划案拿到我这里来。"

他拨通罗瑞的手机，对电话那头的人说完后，将电话重新搁下来。才一会儿，罗瑞便拿着策划案敲门进来，将手里的文件夹递到陆晨光面前。

"对了，刚才你不在办公室，我吃了你桌上的卤水鸡蛋。"接过罗瑞手里的文件夹，陆晨光补充了一句。

"哦，早晨小瑶帮我在餐厅带的，听她们说这卤水鸡蛋最近是我们员工餐厅的抢手早点，还说什么祖传配方，去迟了还没有卖。"

"祖传配方？哈，不过味道还不错，很久没吃过这么香的东西了。下午餐叫小瑶帮我送到这里吧，我想看一下策划案。"

"好的。"罗瑞转身离开了办公室。

员工餐厅每到进餐时段便忙得不可开交。

"今天中午的19个A餐，15个B餐，5个C餐，单子在这里，去吧。"老杨边交代边将餐盒单交到小容老师手里。

她推着送餐车，将手里的单子打开仔细看了一遍——

"摄影棚5个A餐，3个B餐，办公室12个A餐，保安部3个C餐……"

见送餐的人是小容老师，原本正忙着的凌风连忙放下手头上的事情宣布"大家先吃饭吧"，说完便跑到她跟前。

"今天怎么叫你来送餐啊？"他看看她身后的小餐车，一脸担心地看着她。

"厨房里太忙了，糕点房中午没什么事。"

"你自己吃过了吗？"

"等下和许师傅老杨他们一起吃。"

她比画着，也甜甜地笑着。

"我帮你吧。"

凌风说着就要去替她推身后的餐车，但被她拦住了，她向他解释着——

"不用啦，这是我的工作，你也有你的工作啊。我去别的地方了，别人都在等呢。"

"你……下班后有时间吗？"

"你找我有事吗？"

"下班后我去餐厅找你,你等我啊。"

"可是……"

"就这样,你去送餐吧。"

没等她做出任何反应,凌风说完便替她推着餐车走到了电梯门前。

将各个地方的餐送完后,最后只剩下一个格外不一样的餐盒,单子上写着"总监办公室卤肉套餐1份"。小容拿着餐盒出了电梯,一边留意门上面的标志,一边不知不觉地走到总监办公室门口。

她伸手敲了敲门,里面没有人应声,伸手再敲,还是没有声音。

她停下来,看了看周围,不知道是不是该推门进去的时候,有人走到了她身后——

"是餐厅送过来的吧?给我吧,谢谢啊。"小瑶一边说,一边从她手中接过餐盒。

小容对眼前的女孩儿礼貌地笑笑,转身折回电梯出口处。她刚进电梯,陆晨光便从另一台电梯里走了出来

他走到办公室门口,坐在电脑面前的小瑶抬头对他说:"陆先生,您的餐盒送来了,在桌上。"

"谢谢你,小瑶。"

他说着走进办公室在沙发上坐下,一边吃卤肉饭,一边开始翻看文件夹里的策划案。

4.

"小容,你将这些带回去吧。"

许师傅说着,将保温桶的盖子小心拧好,装进一个塑料袋里后,拿给了她。

"我不要,师傅。"

"放心,这可不是厨房的东西,是我早晨让他们带回来的材料,刚做好,拿去医院给你爸爸……"

"谢谢师傅。"

"以后这些要自己学着做,对待老人的饮食可得讲究,何况你父亲现在的情况,更要多注意。"

"我会的,师傅。"

"好了,下班吧。那个人可等了好一会儿了。"许师傅笑着说着,指了指外面餐厅角落里坐着的人。

她背上布包,拿上许师傅做好的汤,走到餐厅里面。

看见她出来,凌风走到跟前,高兴地说:"都忙完了吧,我带你去个地方。"说完,伸手拽住她的手臂便往电梯口走去。

"对不起,你找我有什么事吗?"她站好,用手比画着问他。

"也没什么,只是……我想……你去了就知道了。"看到突然安静下来的她,凌风一时不知道怎么说才好,变得有些语塞。

"可是,我现在得去医院。要不,改天再去你说的地方吧?"她望着他,建议着。

"去医院?你不舒服?怎么了?"凌风接着又是一脸的担心。

"不是我,我得送这个给爸爸,在医院陪他。"

她指了指怀里抱着的保温桶,抱歉地望着凌风。

"那也让我送你去吧。"

一只手提过她手里的保温桶,凌风和她并肩走出冷清的大厅。

"你在这里等我一下,我去开车。"

渐渐四合起来的夜色真实可见,它将他的背影覆盖,将她伸出的双手模糊地遮掩,如倾泻流动的暗潮般冰冷。

凌风的灰色大吉普停下来时,车身在原地微微颤了颤。他伸手将对着她的车门推开,示意她上车。

事先经过精心收拾后的车内变得很整洁,让他有些不习惯。他朝后面看了看,又通过镜子偷偷望了望身边的小容老师,她此刻正专注地望着车窗外,立交桥上的冷蓝色指示灯映在她的目光里,好像在另一个时空世界里的存在。因为不知道说什么来打破这沉寂的凌风,心里突然被翻涌而出的落寞吞噬着。

她并没有觉得这有什么不好,依然望着窗外,两只手在胸口下面的地方紧紧抓住自己身上布包的背带。

她让他觉得她是那么缺乏安全感,需要保护。

凌风看着她的手,这样想着,心里变得柔软起来。他将车内的CD打开,手指流利地划过琴弦的声音穿透了人心底的迷墙,轻轻缓缓地在车内散落开来。

你离开的时候将我遗留在原点
现在开始进行的接力赛
规则是我必须离开你

车子在医院门口的空地上停稳,她下车,转身对站在车门边的凌风认真地做着谢谢的手势。

"需要我上去吗?"凌风问她。

"已经过了探视时间,除了陪护的家人之外,别人都不能进去了。"

"那我改天再来。"

她的背影在凌风的视线里缓缓移动着,最终消失在医院门口。

他坐回车里,望着刚刚被她坐过的座位发起呆来。

在蔚蓝的海边,她赤脚在沙滩上奔跑而过的身影,他一路追随。他看见风将她发际的蓝色发带掠去,随风飘飞的黑发漫过他的视线……

他从幻想的画面里回到眼前,将车驶出医院,消失在夜晚的车流里。

5.

"罗瑞,我们去见什么人?"坐在驾驶座旁边的绿笙问正在开车的罗瑞。

"是室野会社亚太区的负责人,我们负责他们在中国 OA 项目的……"突然响起来的手机铃声打断了罗瑞和绿笙的对话,他将电话拿了起来——

"你好。是的。"
"事先不是说这次不用的吗?"
"没有,我昨天下班交给晨光了。"
"我知道,可时间来不及了啊。"
"好,好吧。那就这样。"

将电话放回去,罗瑞回头问旁边的绿笙:"绿笙,你去过陆先生现在住的地方吗?"

绿笙摇摇头,问:"怎么了?"

"有份文件等下要用,现在我们俩全回去来不及了,所以我先去见他们,你回去取文件。"罗瑞说着,用视线搜寻着路边可以停车的地方。

"回公司?"绿笙问他。

"不是,昨天晚上我把文件交给晨光,他带回去看了。"

"我去吧,你告诉我在什么地方就可以了。"

"好吧,瀛洲海苑 3 区 18 号,小阿姨在家里。"罗瑞说着又将地址重复了一遍,"是 3 区 18 号。"

"好。那我先走了。"绿笙边说边打开车门下去。

"你拿了文件后直接来酒店的商务中心。"罗瑞将头伸出去,冲着绿笙的背影说。

绿笙点了点头,钻进了一辆出租车里。

在二楼的卧室,绿笙在沙发上找到了一个白色文件夹,她连忙打电话给罗瑞。得到确认后,绿笙舒了口气,准备返身下楼。

床边小柜子上的一样东西让绿笙惊呆了,她忍不住走了过去。一个木质的镜框中,骑大马的张飞正怒目而视。

绿笙将那个精致的小镜框拿在手里,认真看着,想到以前——

"这张真好看。"没事拿着画本开始翻看的绿笙,指着画本里一张红楼梦人物图对轻雨说。

"我喜欢这张。"轻雨指着骑马张飞的那张说。

"这个人的样子真丑,还有胡子。"绿笙望着张飞,做着鬼脸。

一旁的小泽不说话,只是专心看着手里的天文故事书。

手中的文件掉到地上的声音将绿笙拉回现实,她将文件从地上捡起,手里依然拿着那个镜框,开始仔细打量这间屋子。

黑色水晶框架的背投、沙发、衣柜、带着条纹图案的床上用品,以及简单的生活必需品。

她无法将这里和小泽联系在一起,脑海里却一直浮现着陆晨光那张自信的脸。

陆晨光就是小泽？小泽就是陆晨光？！

一瞬间，所有的情绪全都消失了，绿笙的脑子里一片空白，接踵而来的是无法抵御的慌乱。这种无法平息下来的慌乱在身体里猛烈地撞击着，想要找到一个轻松的出口，可最后都无济于事地涌到脑门儿的位置。

绿笙想到自己在 CS 男装店见到陆晨光的心情，还有一起吃饭时自己脑海里曾经出现的那些一直困扰着自己的复杂念头——

有些惊喜，有些畏惧，有些隐秘的爱慕，有些放肆的甜蜜。

风吹着门突然关上的声音吓了她一跳，绿笙将手里的镜框放回床边的柜子上，跑出了陆晨光的住处。

回到酒店将文件交给罗瑞后，绿笙便又想起刚才见到的骑马张飞图。

"绿笙，发生什么事情了吗？"回去的路上，绿笙好像变了个人似的，异常沉默。罗瑞看了她一眼，问道。

"唔……没什么。"绿笙有些心不在焉的样子。

罗瑞没再说什么，专心地望着前面。

回到公司，绿笙用目光到处搜寻着陆晨光的影子。他没在办公室，没在企划部，最后，她在摄影棚内找到了他。

他和凌风正在说话。

隔着玻璃墙，绿笙忍不住多看了他一眼——

有些严肃的眉宇，略微带点孩子气的嘴唇，高高的鼻梁，充满力量的眼神，在许多年后，她望着他竟然觉得忧伤起来。

周围的一切都暗淡下去，绿笙的眼睛里像突然安装了一个目标跟踪仪器似的，陆晨光走到哪里，它都准确无误地将他定格在正中央的位置。忽略了光线和场景之后，这个世界就只为了他一个人而存在。

在远远地观望之后，她避开忙碌的人，还有架设在现场的许多设备，慢慢地接近他，像感受到一种强大磁场的力量一般，被深深地吸引。

甚至，在他不知道的时候和他并肩站立的感觉都是美好的，那种微妙感觉会让绿笙想起夏天的下午骑自行车从坡上冲下去的心境。

她沉醉在自己的世界里，独享着这个秘密。

6.

"大家都在这里领房卡吧，今天好好休息，明天还要赶在太阳出来之前去山顶。"罗瑞站在酒店一楼大厅，对大伙说道。

每个人都从罗瑞手上拿过房卡，说笑着走到电梯门口。

"绿笙，怎么啦？还不上去吗？"已经发放完房卡的罗瑞问依然站在那里的绿笙。

"哦，大家全都上去了吗？"绿笙张望着门口，像等着什么人似的，说着。

"晨光说他有些事情，要晚些回，只剩顶层的两个房间了，看来今天晚上玩不成啦。"喜欢和同事玩纸牌的罗瑞有些失落地说着，往电梯门口走去。

"罗瑞，我……跟你换个房间吧。"绿笙跟过去，对罗瑞说。

"怎么了？"罗瑞转身看着绿笙，不解地问她。

"我有些头痛，睡上面应该会安静一些。"绿笙说着，将自己的房卡交给罗瑞。

"当然好。"

这样，绿笙从罗瑞手中拿过那两张房卡中的其中一张，她看到另一张房卡上的房号是3010。

电梯将她一个人送到顶层，将自己的房间打开，她看到对面房间门上的房号是3010。

在床边坐下，按下手边的遥控器，墙上的液晶显示屏亮了起来，热闹的歌舞声音充满了整个房间，刺耳地震着绿笙的耳膜。

她连忙按下静音键，画面上的人立刻如失语般徒劳地张合着嘴，无法发出声音。

绿笙想到那个替自己拿行李袋的保育院老师。

拥有那样一张美好笑脸的女子，不知道说话的声音是怎样动人呢。绿笙轻轻地叹了口气，起身收拾了行李中的物品，拿着衣物进了卫生间。

梳洗完的绿笙穿着浴袍走了出来，她一边擦拭着头发，一边倒了杯水喝下去。

好像有人敲门。

绿笙放下水杯，确定那声音是来自于自己门口后，她问了一句："谁啊？"

"对不起，绿笙，是我。"陆晨光的声音从门外传过来。

她连忙将门打开，陆晨光看到身着浴袍的绿笙，说："真不好意思吵到你，我的手机没电了，可等会儿有个重要的电话要接，所以想麻烦你……"

"哦，你是说充电器吧，我去拿，你等一下啊。"绿笙说着转身去行李袋中翻找。

"你进来吧，别老在门口站着。"绿笙一边埋头清理自己的东西，一边扭头对门口的陆晨光说。

陆晨光只好走进房间里。见绿笙将行李袋中的东西全翻了出来，他有些抱歉地说："太麻烦你了，要不我自己下去买一个吧。"

"这么晚了，上哪儿去买？真是的，我记得我带了的啊，跑哪儿去了……这样，你将卡插在我的手机里，接完电话再还我吧。"绿笙建议着。

"是啊，我怎么没想到？"陆晨光拍了拍自己的脑袋，笑着说。

这样，陆晨光拿了绿笙的手机，回了自己的房间。

还手机过来的陆晨光敲门的时候，绿笙已经换下浴袍，穿戴一新地出现在陆晨光眼前。

"谢谢你。"陆晨光将手机交给绿笙，转身准备回自己房间。

"你……等一下,好吗?"绿笙有些犹豫,但还是说了出来。

"嗯?"陆晨光回头,带着疑问的眼神看着她。

"可以……进来再说吗?"她身上的红色小礼服,今天晚上是第一次穿。

陆晨光带着疑问进了房间,绿笙在他身后轻轻地关上了门。

"绿笙,你找我有事?"他一边问,一边准备转身的时候,绿笙突然从后面紧紧地圈住了陆晨光的腰。

"绿笙?你……"不知道发生了什么事情的陆晨光,想用手去拉开她抱住自己的手,却毫无意义。她抱得更紧了。

"请放开手,绿笙。"有些生气的陆晨光用带着责备的语气说着,绿笙才慢慢将手放开,情绪激动地站在原地。

陆晨光转身过去,发现面前的绿笙已经哭了,正委屈地望着自己。

"绿笙,你……这是怎么回事?我想,你应该解释一下吧。"

他依然不动声色的表情让绿笙更加难过,过了许久,她才用力地吸了吸鼻子,问他:"为什么?你可以这样无动于衷?我是绿笙,你不认识我了吗?"她大声地说着,用无助而哀怨的眼神望着陆晨光。

他突然想到什么似的,先是怔了一下,但马上又恢复了之前的神情。

"绿笙,我想……你是……误会了,我们……并不怎么熟悉。"陆晨光说着朝门的方向走去,准备回自己房间。

"我们……不熟悉？我是绿笙，喜欢你十六年的绿笙！你却说我们……不熟悉？"

他听到这句话，才慢慢转过身来，望着泪眼婆娑的绿笙，心里觉得既惊讶又歉疚。自己一直不愿意面对的事情还是摆在了眼前，即使对眼前的女子什么想法也没有，可望着那双写满悲伤的眼睛，他的心一下子就沉落了下去。

慢慢走到她面前，理智让他与她之间保持了另一个人存在的距离。

"对不起，绿笙。"他十分冷静地说出这句话后，转身离开了绿笙的房间。

"小泽，你不能喜欢轻雨姐姐，你们分开这么多年，她已经结婚，有了自己的爱人，孩子，家庭……"一眼将他看穿的绿笙在他身后大声喊着，想将他从十六年前的情感寄托里叫醒。

"她结婚了？"她的话刺激着陆晨光，他转身冲到她面前，问她。

"我是说……我的意思是分开这么多年，她可能都已经结婚……"他的眼睛里露出让她感到畏惧的光，让她不敢正视。

"无论她是否结婚，都和你没关系。"

"小泽……"

"记住，我姓陆，叫陆晨光。还有，不管你是因为什么原因去到那个房间，但希望你不要轻易动别人的东西。"

门砰的一声关上了，剩下木然的绿笙杵在空荡荡的房间里。

7.

　　因为忙着新的广告产品代言，还有和电视台共同开发影视制作项目的前期预算，大伙都有很长一段时间没休息过了。

　　下班时间早过了，陆晨光还坐在电脑面前保持着一个小时前的姿势。突然，手机音乐热闹地响了起来，响了好一会儿，他对那明明灭灭的亮光也没做出任何反应。

　　音乐快要结束的时候，他终于伸出手去将手机拿了起来。

　　手机那边传过来一个很高兴的声音：

　　"晨光，还没忙完啊，我和你妈妈正等你吃饭呢。"

　　听到爸爸的声音，他才突然想起自己竟然忘记去机场接爸爸妈妈。

　　"对不起，爸爸，我……你们现在在哪里？我马上过来。"觉得抱歉的陆晨光边说边出了办公室。

　　"看把你忙晕了，你替我们定的酒店和晚饭，自己倒忘记在哪儿了是吧？"陆老先生说着哈哈哈笑起来。

　　"哦，好的爸爸，我就过来了。"不好继续在电话里再问的陆晨光只好挂了电话，将车先倒出车位。这时，手机提示有新简讯，他一只手握着方向盘，另一只手按下简讯查看键，屏幕上显示着：

海景饭店顶层餐厅。

绿笙。

口中念叨这个名字的时候，他几乎听见了自己心里沉闷的叹息声。像路途中无论怎么做也无法逃避开的红灯一样，它们一再地考验着陆晨光的耐心。

电梯在抵达顶层的时候将门打开，陆晨光走出电梯便看见在那里等着自己的绿笙。

无懈可击的衣着，温和恬静的笑脸，落落大方的举止，她看上去是陆晨光见过的最接近完美的女子。

"谢谢你，绿笙。"两个人并肩走进餐厅的时候，因为自己忘记接机而觉得不好意思的陆晨光轻声对身边的绿笙说道，毕竟占用她私人时间的不是公司的事情。

"没关系，待会儿记得付账就好。"绿笙打趣地回了一句。

远远地，陆晨光看见餐桌边的爸爸妈妈，看上去他们的心情格外好。

"爸妈，今天一定有什么值得高兴的事情，你们难得这么开心。"

"晨光，你交了这么好的朋友，为什么都不跟我们说一声？"爸爸看着绿笙，笑着问陆晨光。

"爸爸，她是我们公司新签约的平面模特……"陆晨光想解释自己和她的交道还不算熟稔，却被爸爸的话打断了："我们知道，她叫绿笙，也是你小时候的朋友嘛。"

"来，绿笙过这边来坐吧。"晨光妈妈指着自己身边的位子招呼绿笙过去。

"好的，陆太太。"绿笙看了看站在自己对面的陆晨光，犹豫了一下，便在晨光妈妈的身边坐下。

陆晨光挨着爸爸身边坐了下来。

"别叫太太，叫阿姨，知道吗？"晨光妈妈转身对身边的绿笙说。

"好的，阿姨。"

"哎，这就对了。"

看到爸爸妈妈对绿笙的态度，陆晨光脑子里充满了疑惑，又觉得尴尬不已。听着绿笙和两位长辈聊着，他自己却坐在那里沉默着。

"晨光，怎么了？是不是哪里不舒服？"晨光妈妈比爸爸更细心，她觉得儿子今天的状态不对劲，免不了担心起来。

"没事，妈妈，你们吃好了吗？我送你们回酒店吧。"想到今天发生的事情，陆晨光有些心不在焉的样子最终没能逃过妈妈的眼睛，她说："孩子你怎么了？是你帮我们订的这家酒店啊。"

听妈妈这样一说，晨光满脸迷惑地望向绿笙，准备开口坦白自己今天根本就是忘记他们要来的事情时，一旁的绿笙连忙说道："哦，阿姨，陆先生开始预订的是皇庭，那边虽然更气派却看不到海，所以我建议陆先生改在这里。公司事情那么多，陆先生可能是忘记了。"

"嗯，我觉得绿笙将来肯定会是个很不错的贤内助，老陆你觉得呢？"晨光妈妈说着，问身边的晨光爸爸。

陆晨光觉得难堪，对这种自作主张的小聪明甚至可以说是反感极了，但他礼貌地掩饰着，只是想早些结束绿笙一手制造出来的这些莫名其妙的误会。他深深呼了口气，将心里那些没缘由的怨气平息后，才说："爸爸妈妈，我先送你们回客房休息吧，公司还有些事，我必须得回去处理一下。"

"好了，他要回公司忙事情，我们走吧。"晨光爸爸对身边的太太说。

"晨光，下次我和你爸爸来，我们可不想再住酒店了。和你住一起，妈妈也可以照顾你。"晨光妈妈看着儿子，心疼地说。

"妈，我可不是小孩子了。"陆晨光说着，走在了大家的前面。

"知道就好，不知道什么时候我和你爸爸可以吃上……"晨光妈妈忍不住又念叨起来。

"妈，电梯来了。"陆晨光及时打断了她。

一进电梯，晨光妈妈便又唠叨起来："儿子那么忙，老爸又忙着见老朋友，剩我一个人都不知道做什么好呢。"

"妈，爸爸见老朋友会带您一起去的。"陆晨光看看爸爸，对妈妈说。

"无非是打高尔夫喝茶什么的，我可不喜欢。"晨光妈妈说着，看看晨光又看看绿笙。

"那我找时间陪您。"陆晨光连忙说。

"你们父子俩都是一样的人，再说，你们能陪我做什么？"晨光妈妈笑着对绿笙说，"我想让绿笙陪我到处走走，女人在一起不会那么无聊，就是不知道绿笙愿意不愿意……"

绿笙听后，转过头用怯怯的眼神看着陆晨光。晨光妈妈一看，连忙说："你不用跟他请假，明天到酒店来等我，我们去祭佛。"

"好的，阿姨。"绿笙笑着应允。

"妈……"陆晨光知道自己不能改变妈妈的决定，但是心里仍不愿意这样做。

"怎么？妈妈有人陪你不高兴啊？"晨光妈妈见儿子一脸无奈，问他。

"妈，不是的。妈妈开心就好了。"

"那就这样说定了，绿笙，咱们明天见。"二位长辈走出电梯，晨光妈妈对绿笙嘱咐道。

"好的，阿姨明天见，叔叔再见。"

"爸爸妈妈晚安。"

从酒店大厅出来，绿笙一直沉默地跟在陆晨光身后走着。忍了很久的陆晨光转过身来，正准备说话，绿笙却先开口道歉："对不起，罗瑞临时有事，而我正好去机场送朋友，所以没有告诉你就直接去接叔叔和阿姨了……"

见她一脸诚恳的样子，他语气淡淡地说："不会，麻烦你了。"

"不麻烦。"好比一个人受了全部的委屈却仍然在向别人道歉请求原谅一样，他刻意的客气让绿笙觉得即使整个世界都不愿意帮自己，但她还是会让自己的心继续下去。

"我还有事，先走了。"毫不领情的陆晨光扔下这句话后，坐进车里，扬长而去。

从海景饭店到最近的出租车停靠点要穿过一座高架桥，陆晨光看看车窗外，却有些担心起来。

他犹豫了一下，将车子掉头朝饭店的方向开去。

离饭店不远的高速路边，绿笙一个人慢慢地走着。

陆晨光觉得自己的心像被什么轻轻扯了似的，他将车开到绿笙身后慢慢跟了一段时间，在她旁边停了下来。

"上车吧，我送你回去。"

绿笙没有理会他，继续往前走，将倔强的背影留给陆晨光。他开车跟上去，将车停好后，下车拽着绿笙将她塞进汽车的后座上。

"你为什么要回来？"绿笙对面前的陆晨光大声喊着。

"这么远的高架桥，没有出租车，你要出事了我得负责任的知不知道？"陆晨光回头大声地对她吼着，那声音直震得自己的脑袋里嗡嗡响。

"小泽，你为什么要回来？"她的声音突然变得低低的，小到几乎连她自己都无法听到。突然觉得鼻子里酸酸的，两滴滚热的东西从眼角流下来，她将埋着的头抬起来望向陆晨光无法看到的窗外，那些亮着灯火的远方，那些明灭闪烁的亮光，渗进她敏感的知觉世界里，与内心的无助冲撞着，来自心底的刺痛那么明显。

课间休息的时候，绿笙从外面跑回空无一人的教室，将妈妈给自己带的米糕和酱菜偷偷放进小泽的餐盒里。中午她看到小泽打开餐盒时的诧异表情，心里有些忐忑，可当她看见他吃着米糕时十分享受的样子时，心里觉得温暖极了。

她知道妈妈在小泽那里发现了自己家的米糕正在破口大骂，当她透过窗户看见小泽愤怒的眼神时，绿笙真想跑出去坦白一切。可如果那样做的话，妈妈再也不会给她带米糕去学校，小泽以后再也不可能吃到米糕，这样想着的绿笙便一直站在屋子里，没有出去。

第二天，当她看见小泽将餐盒当着自己的面摔到墙角时，后悔也已经晚了。

小泽一放学便待在卤水豆干店里，绿笙路过巷口时，透过店门便总能看见他和轻雨一起写作业的身影。她看到他们一起去江边、公园，一起去看露天电影，一起去书店……

绿笙整个童年的梦想只有一个，让小泽离轻雨远些，让小泽喜欢自己。

★ 星星失去了自己的名字

第四章

草莓果酱与蓝莓果酱的记忆

/

独舞的海滩
草莓果酱与蓝莓果酱涂抹记忆的假期
我正老去

1.

小容将装有卤水鸡蛋的小碗放在了李医生的办公桌上,留下两个带回了病房。

爸爸,试一下这个,这是我做的呢。

她在病床面前坐下来,将鸡蛋外面的壳去掉,掰开后一点点将鸡蛋喂进床上的老人口中。

"这段时间你一定很辛苦,总得两边跑,都变瘦了。"

"保育院孩子们的课很少,不辛苦的。如果这里不是医院,他们恐怕早跟着来了。"

"那你就带他们来。"

"那他们会把病房都拆了当玩具使的。"

听她这样一说,病床上的老人开心地笑了笑。

"小容,你来一下办公室。"父女两个说着闲话的时候,推门进来的李医生将小容叫了出去。

在办公室,李民毅仔细跟她说了老人的病情:"现在,治疗你父亲的病最好的办法就是为他换一个健康的肾,为了得到一个与之匹配的肾脏,所以得对你进行检查,因为你是匹配肾脏最有可能的捐献者,你明白我的意思吗?"

"我知道。李医生,现在就检查吗?"

"不用这么着急,具体的时间医院会安排的。"

"谢谢你,李医生。"

"说什么呢,这是医生的职责。哦,对了,你送来的卤水鸡蛋味道真不错。"

"那是我自己做的,你喜欢的话,我下次再带给你。"

"谢谢,只怕有人会说我收受贿赂啦。"

"哪有行贿的人送卤水鸡蛋这么小气的?"

"有道理。"

"我先回病房了。"

"好吧,有什么事我再去找你。"

她回到病房,床上的老人问她:"李医生找你有什么事啊?"

"没什么,他说你现在要多吃些,多休息,对身体才有帮助。"她将有些凉了的鸡蛋放进热水中烫了烫,重新坐回床边。

即使到了下午快下班的时候,医院里的人也不见得会少些。陆晨光在长长的队伍里已经站了很久了,终于轮到他手上的取药单被拿进去。

医生喊他的名字时,他长长地舒了口气,从医生手中接过了白色塑料袋,立即随着拥挤的人群进了下到地下停车场的电梯里。

电梯门关闭的瞬间,旁边的电梯里出来的人群里有个很熟悉的身影,她手里拿着一个白色的保温桶,正往大厅出口处走。

"喂……"

准备叫出口的时候，又无奈地咽了回去，他是想叫住她的。

可是，她叫什么名字？

汽车滑出车位，轻轻地拐过一道弯后，就出了停车场。此时，外面已经下起了细雨，如细针般在空中穿梭的雨丝很快就遮住了车窗前面挡风玻璃的视线。他打开雨刮器，两行小水柱立即喷洒在玻璃上，眼前又渐渐清晰起来。

视线的正前方，公交车站下面，那个熟悉的身影正站在站牌下等车。

她仰头看了看越来越密集的雨，在身后的凳子上坐了下来。

陆晨光脸上露出微微的笑意，他用力地将方向盘拨回去，车子猛地一转，朝她站着的地方开去。

一辆灰色大吉普在站牌前面停下来，从车上下来的高个男子撑起了伞，跳上站牌的台阶。为她遮着雨的男子在陆晨光的眼前绕到吉普的另一边将门打开，让她先坐了进去。

他在陆晨光的视线里又绕回吉普车的这边，自己坐进车里。

车后面冒出一小团白色烟雾后，渐渐消失在陆晨光的视线里，而雨也慢慢大了起来。

因为自己刚才的举动和想法，如自嘲般，他的脸上勉强挤出一丝笑，很快又不见了。像什么也没有发生过一样，他重新发动了车子。

一直放在车里的手机，上面显示有三通罗瑞的未接电话，还有一通电话留言。他将手机放在耳边，听见罗瑞有些情绪低落的声音——

"是我,罗瑞,你不在,我将他们送来的东西放在你办公室桌上了。"

回到公司,出了电梯后,陆晨光穿过光线昏黑的走廊直奔自己的办公室。将桌上信封打开,他很快掏出里面的东西。

被他撕得粉碎的白色纸片散落一地。

他绝望地坐进桌子后面的椅子里,牛皮纸信封躺在桌上,无奈地沉默着。

不知道坐了多久后,陆晨光将椅子转过来,努力控制着情绪的辛苦让他脸上的表情有些奇怪。面前的牛皮纸信封仍然像个引爆物,让他不断想起刚刚看到的信封里面的东西。

豆干张的孙女16岁时死于家族遗传病……

终于,陆晨光伸出手将桌上的牛皮纸信封从中间用力扯开,合起来再扯的时候,却因为纸页太厚而无法撕坏。即使气急败坏,他也只能有些颓废地将它们朝墙角无力地甩出去。

这就是他寻找的结局。

此刻的他,像困乏的幼兽般不具有任何抵御外界伤害的能力。

一把抓起桌上的钥匙,他出了办公室。长长的环行走廊上,只有他办公室的灯光孤单地亮着。他钻进电梯,让它将自己送到顶层。

今天并不是周末,酒吧里只有零星不多的几个人。陆晨光要了一整瓶 OLyis，独自一人自斟自饮起来。

"陆先生，我们要下班了。陆先生，你没事吧，陆先生……"

服务生拍着陆晨光的肩，轻轻喊着他。快空了的酒瓶放在手边，他趴在吧台边，口里含糊地应着服务生："我已经付过钱了……"

2.

按照许师傅教的，小容将明天要用的面事先发好，又将糕点房里里外外打扫擦拭干净一番，检查了所有的电源后，才放心地将身上的制服脱下来。

走出餐厅的时候，她看了看墙上的电子钟显示着 22：30 的字样。空空的电梯间一点儿声音也没有，她注视着正在迅速上升跳动的数字，深深地倒吸了口气。

电梯终于在数字不再跳动的顶层停了下来，电梯门安静地打开，里面空空的。她走进去，感应门过了好久都没自动关上，她只好伸出手迅速按关门的电梯按键。

就要关上的电梯门碰到一只突然从外面伸进来的手，连忙又自己弹开来。

"扑通——"

她还没有回过神来，一个人就已经摔倒在她面前，一股刺鼻的酒气直抵她的脑门儿。

看着侧窝着的人,她吓得缩在电梯的角落里,怔怔地望着地上的家伙。电梯越来越接一楼,地上的人却无动于衷,并没有想出去的意思。

小容有些害怕,她走到电梯里的人身后,小心地弯下腰用手试探着碰了碰他的身体,窝在电梯里的家伙一个猛翻身,吓得她又退回角落里。

他仰躺在电梯里,正打着呼噜。

她认出来了,那天在胜昌门广场一起躲雨的人。他怎么会在这里?

电梯门哐地打开,她挨着电梯门慢慢挪身出来后,准备朝大门口走去,可回头看看依然躺在电梯里的人,她犹豫着不知道该怎么办才好。

就在门即将要关上的时候,她突然又跑进了电梯。

费了很大力气,她才将沉沉的身体拖出电梯。正在值班的保安听到声响,连忙赶了过来。

"他是你的朋友?看样子喝了不少呢。"

值班保安将陆晨光扶上自己的肩,一边絮叨着打听一边往外面走去。

"你要将他送到哪里去?"

小容站在值班保安面前拦住了他。

"没关系,这会儿人少,我将你们送到路边好了。"

以为小容是在说客气话的保安连忙解释着，一副热心肠的样子，还背着陆晨光一口气跑到了街边。他将醉得不省人事的家伙塞进一辆停下来的出租车里，将前面的车门打开，等着后面的小容过来。

小容过来，没容她解释，他便将她塞进前座，对里面的司机说："师傅，麻烦了。"

"请问，去哪里？"

师傅问旁边的小容。

一直被值班保安误会的小容这才找着解释的机会，她掏出便笺本，用笔在上面写好后举到司机面前——

师傅，我和他不是一起的，请停一下。

"那他要去哪儿啊？"

师傅一边问一边将车在路边停了下来。

您将他送回家吧。

小容下车后，朝司机扬了扬手后沿街向公交车站走去。

"喂，小姐等一下。"她还没走到公交车站，刚才的出租车司机便在后面叫着，她一回头，看见出租车已经停在街边，司机站在车旁边扶着站也站不稳的家伙。

"他实在不知道自己住哪儿，小姐你还是送他回去吧。"

我不知道他住哪里。

"你们不是朋友吗？"

我只见过他两次而已。

"那我管不着,你看着办吧。这你也看见了,是他不知道去哪儿,可不是我拒载啊。"

司机丢下这一句后,开车自己走了。小容看着歪坐在街边的家伙,又望望渐渐远去的出租车。她犹豫着,决定不去理会他,自己搭乘公交车回去。这样想着的小容,朝公交车站走去。

快要到公交车站的时候,她忍不住回头看了一眼,那个身影依然歪在地上,时不时地抬一下手臂,或着动一动腿,毫无意识似的,让她担心起来。

她无奈地叹了叹气,只好又折了回去。

地上的家伙振振有词似的念叨个不停,她不明白他在说些什么。想着至少先要知道应该将他送去什么地方才好的她,在他的身边坐了下来。

带他去保育院?不行。

送他回家?可是不知道他家住哪儿。

对,带他去医院,自己可以照顾爸爸,可以让医生帮他醒酒。

于是,小容站起身来,去路边拦出租车。

"是你男朋友吧?怎么喝成这样了啊。"出租车师傅一边帮她将地上的人扶进车里,一边打趣地说着。

小容只是尴尬地笑笑。

"你还是坐后面吧,别让他吐我车里了,要不洗车钱一起算啊。"

司机冲着准备坐前面的小容说着,自己坐进了驾驶室里。

"去哪儿啊?"

司机扭头问后面的两个人。

"瀛洲海苑……"她在便笺本上写字的时候,他突然说话了,说完后又继续呼呼睡了起来。

一旁的小容愣愣地看着他,又望着前面的师傅,将便笺本放回包包里。

3.

陆晨光睁开眼睛,望了望周围后,用手撑着身体坐了起来。

他看到换过了的白色床单,又低头看了看自己身上干净的睡衣,闻到一股浓浓的酒味。

掀开身上的被子,他站起身来边脱衣服边走进浴室。

他记得自己昨天晚上在酒吧要了一整瓶 OLyis,服务生说要下班的时候自己才走,好像还有另一个人和自己一起走,那个人好像没喝酒,扶着自己,好像是个女人……不对,是在电梯才遇见的认识的人……却无法想起那个人是谁……

感觉全都如梦境般,不知道是被遗忘了,还是根本就不曾发生?

密集的水柱倾泻而下,从他的头顶浇下来,拍打在背上、胸膛上,他觉得自己的脑子里一片混乱。他昂起头来,让水柱打在自己脸上,也没能将昨天发生的事情从记忆里冲走。他慢慢地靠着玻璃墙坐下来,痛快地让水柱冲淋个够,也许能将过去的事情掩埋起来。

他闭上了眼睛。

如果在浴室里的那个人是以前的自己多一点的话,那么从浴室里出来的时候,他已经焕然成了另一个陆晨光。

白色衬衣加上暗紫领带,深色西裤。

拉链的声音清脆短暂地响过后,他从衣架上取下同色西装,边穿边走到床头,拿起手表戴上,将手机放进裤子口袋,望着摊在床上的睡衣,他忍不住又去想昨晚的事情,不知道是谁送自己回来的。

他拿起床上的睡衣转身时,感觉脚下被什么硬硬的东西扎了一下,弯身下去,看见地毯上一个黑色的小东西。陆晨光将它拾了起来,拿在手上一看,一个款式普通的黑色发夹,发夹的末端嵌着黑白相间的花形饰物。他仔细端详了一会儿,将它放进自己的上衣口袋。

将睡衣放进洗衣间时,他扭头看见了晾晒在阳台上的床单。

像某种无法解释的感应般,或者又是梦境。他觉得昨天和自己在一起的人,那发夹的主人和轻雨之间……

他用力地晃了晃自己的脑袋,没有再深想下去。

伸手抓起床头柜上的钥匙,陆晨光从房间里出来下楼,却意外地看见了桌上的早餐,还有放在桌上的备用钥匙。他在桌边坐了下来，想象做早餐的人坐在自己对面吃早餐的样子，那个人的样子在他的眼前慢慢清晰起来，就是轻雨。他没有吃桌上的早餐，只是拿了备用钥匙径直出门了。

他的车没在楼下。

昨天是坐出租车回来的吗？陆晨光一边想着，一边朝苑区值班室走去。

"陆先生，上班去啊。"

值班的大叔向他打招呼问好，陆晨光笑着点了点头，将手里的备用钥匙递给值班大叔后问他："大叔，您知道昨天晚上谁在这里取的备用钥匙？"

"我今天早晨才接班的，不过交接时小王说您和您的朋友可能会送备用钥匙来。怎么？发生什么事了吗？"

"哦，没什么，麻烦您了大叔。"

他沿路朝苑区外面走，坐进一辆停下来的蓝色出租车里。

4.

小容一边揉面，一边还想着那个醉得不省人事的家伙睡在电梯里的事情。

"去哪儿啊？"

司机扭头问后面的两个人。

"瀛洲海苑……"她在便笺本上写字的时候,他突然说话了,说完后又继续呼呼睡了起来。

在出租车后座上,他的手斜伸出来紧紧拽住她的肩膀不放,轻微的痛感似乎隐隐地还在。又好像是灼热的感觉一般,她忍不住停下揉面的动作,抬手摸了摸肩膀的那个地方,而眼前,又闪现出为那个人换去吐脏的衣服和床单后,他安静沉睡过去的样子。

她第一次那么仔细地端详一个男子的面容,如孩子般的睡眼,刻画上的眉痕,高挺的鼻梁,饱满自信的前额,渐渐消失在灯光阴影下的线条。

在她心里,与一个人遇见与重逢的种种画面,竟可以这样如同奇异的旅途般美好。可也正是他定然所不知道的这些情愫,让她心里失落不已。

钢盆里的面团被小容反复揉拧着,慢慢呈现出她所要求的样子。

他也在这幢楼里面上班?在哪一层?她期待中午送餐的时间快点来,也许可以遇见他,可又担心自己送餐的时候真的遇见他,被他看到一个穿餐厅制服的自己。

这样的念头在心里相互争执着,无法决断时,老杨在外面叫她:"小容,你来一下。"

她擦了擦手上的面粉,出了糕点房。

"这是今天中午要送的餐盒,他们那边忙不过来,又只能麻烦你啦。"

老杨说着将手里的中餐盒单子交给小容。

"没关系,我这就去。"

她接过单子,正了正头上的帽子和胸前的蓝色学徒领巾,推着小餐车往电梯的方向走去。

按照单子上写的,餐盒很快就发送到了公司的每个角落,当小容推着空空的小餐车走进电梯时,她重重地舒了口气。

走出办公室大楼,将餐车推进两栋楼之间的空草地。借着这样的空隙,她伸了个不大不小的懒腰,脚步也慢了下来。

阳光,微风,草地,喷水池,松树林。

她在松树林下面的长凳上坐下,将头上的帽子摘在手上拿着,抬头看湛蓝湛蓝的天。她将手举过头顶,深深地吸口气后,陶醉着闭上了眼睛。

睁开眼睛,她准备将帽子重新戴上时,有人将她手里的帽子拿了去。

一扭头,看见身后不知站了多久的人,他正用奇怪的眼神望着自己。

她连忙站起来,回到小餐车的旁边站好后,想伸出手去要那顶糕点师傅的帽子。

他低头望着手中的帽子,并没有要归还她的意思,只是一只手捏着帽子,另一只手反复撩弄着上面的蓝色布沿,像深思熟虑了一番似的，慢慢地朝她走过来。

她用有些怯生生的目光望向他，他的脚步轻轻掠过地上的落叶，他的身体拨开风的阻隔，他的心响着鼓鸣般的节律，正靠近过来。

感觉自己抓着餐车的手越来越紧了，因为胆怯，她低下头望着脚边的树叶。

"这是你的吗？"

他的手掌在她眼前摊开，里面是一个嵌着黑白相间花形饰物的发夹。

看见他手里的发夹，她抬眼怔怔地看着他。

他将那个发夹拿起，轻轻别上她的发际，因为那里还有另一个一模一样的黑白相间花形饰物的发夹。望着并排的两个发夹，他微微笑了笑，将手里的帽子递到她手边，说："你在糕点房？而且还是蓝领的学徒。"

"我该回去了。"

她接过他手中的帽子，推着小餐车朝对面灰色的建筑物走去。

5.

"导演，你怎么会来？是来找我的吗？"

见到凌风，小果儿高兴地说个没完。

"来找小果儿玩啊。"凌风冲正在收拾画室的小容笑了笑，低头和小果儿咬起耳朵来。

"导演，我带你去看样东西。"

小果儿扯着凌风绕过保育院广场上的仿古照壁，走进后面的展览室，一直走到展览室里面的一个小房间。

"去看什么？"凌风问他。

小果儿指着房间里的玻璃水箱对凌风说："导演，你送我的小海马都会自己跳舞了。"

一只只透明的小海马在蔚蓝的水里悠然自得地游着，像天空里飘浮的降落伞。

"它就是小果儿。"小果儿指着停在水草边的一只海马，兴奋地说着。

"哪只是导演啊？"

凌风笑着问他。

"这个是导演。"小果儿指着最大的一只海马告诉身边的凌风，他抬头看了凌风一眼，然后说，"老师不开心的时候，就会来这里，它们会一起跳舞给老师看。"

小果儿趴着水箱边上，认真地望着里面的小海马，自言自语似的。

"那小果儿知道老师为什么不开心吗？"

"不知道。"小果儿摇摇头，小嘴嘟了起来。

"下次老师不开心的时候，小果儿记得要讲笑话给她听，逗老师开心,知道吗?"凌风看着小果儿的眼睛,表情认真地对他说。

"可是导演,我不会讲笑话,要不导演先说给我听,我下次就可以说给老师听了。"小果儿说着抬头望向凌风。

"好吧,那就说一个。"凌风清了清嗓子,低头看了身边的小果儿一眼,便说道,"两岁的小男孩儿不小心吞下了一点儿碎磁铁,他的妈妈将他送到医院的急诊室。

"医生替小男孩儿检查了一下,向小男孩儿的妈妈保证:'没什么问题,这些碎磁铁会在一两天内排出体外。'

"小男孩的妈妈长吁一口气,可她还是有些不放心,便问医生:'那我怎么知道完全排出来了呢?'

"医生神秘一笑,说道:'我倒有个好办法,您可以将儿子贴在冰箱上。如果他从冰箱上滑下来,那就说明磁铁已排出体外。'"

"哈哈哈……"

"走吧,咱们找老师去。"凌风说着牵着小果儿的小手往画室走。

"导演,我知道你不是来找我,你是来找老师的,你要和老师约会吗?"小果儿一本正经地望着凌风的神情,让他禁不住笑了起来。

"那你说我和老师约会好吗?"凌风学着小果儿的语气问他,心里却是认真的。

"那叔叔怎么办?"小果儿突然问他,一脸神情严肃的模样。

"叔叔？"凌风听了，意外地停住脚步。

"是啊，叔叔也经常来看老师，还带我们去游乐场，还有教我骑马的叔叔……"

听小果儿这样说的凌风，脚步变得慢了起来。这时，小果儿却突然大声叫了一声"叔叔"，然后便向画室跑过去。

凌风抬眼，看见陆晨光站在画室前面，正和小容说话。

凌风走到陆晨光跟前，因为彼此都因为眼前突然出现的人而感到意外，所以都不知道说什么才好了。

"叔叔，你也来找小果儿玩吗？"小果儿跑到陆晨光身边，开心地说。

"叔叔来找院长奶奶说事情，顺便来看小果儿啊。"陆晨光摸了摸小果儿的小额头，笑着对他说。

"我等下要去医院，你要去找院长吗？"

她慢慢地走到陆晨光面前，抬头望着他，眼神像孩子般纯净，又像要看透他的心思般专心，又像等着他回答自己一直等着的问题一样，充满期待。

"不了，我刚从她那里过来，看看你和小果儿。你要去医院？"他留意到她发际的黑色发夹，眼神在那里停留了一会儿，又回到她的目光里。

"是的。"

她点点头，似乎知道他还会要对自己说些什么，依然站在他面前。

"为什么要去医院?身体不舒服吗?"

他有意在别的人面前掩饰自己内心的担心,只向她一个人流露自己的关怀。

"没事,只是去探望病人。"

"我送你去吧。"陆晨光说道。

一直在旁边没有说话的凌风突然站了出来,他站在陆晨光与小容之间,说:"陆先生,不用麻烦了,我会送她去的。"

陆晨光听凌风这样说,只好望向一旁的小容。

看着他远远射过来的目光,她谨慎地看了看凌风,告诉陆晨光——

"凌风特地来送我去的,谢谢你。"

"那我,先去院长办公室了。"说完,陆晨光转身离开了画室,朝院长办公室的方向走去。

6.

车内响起的还是第一次送她去医院时播放的木吉他曲,纯净动人,犹如划过天际破风而降的流星群。

凌风熟练地驾驶着他的"灰骑士",心情亦如空气中的音乐般轻松。忍不住看了看身边的小容,他的心里跟着音乐打起了节拍。

"今天还早，我可以上去看看吗？"在医院门口，凌风问已经下车的小容。

"一起上去吧。"

她走在前面，两个人一前一后来到病房里。

凌风看到床上的老人正在休息，站了一会儿便出了病房，在走廊上靠墙的凳子上坐下。

小容跟着他走了出来，在他旁边的座位上坐下。

"妈妈说我这样嘴笨的人，不知道讨好女孩子，除非那个人真看到心里去了，才可能会接受我。"

像是自言自语似的，他坐在那里，望着两只脚中间的地方，一直没有抬头。

小容拍了拍凌风的肩膀，他才扭头看她。

"你这么好，什么样的女孩子和你交往，都是福气。"

她看着他的眼睛，告诉了他自己心底里的真心话。

"你说的是真的？"

凌风说着站在了她的面前，目不转睛地望着她。

她用力地点点头。

"那，如果……我对你说……我是说我们交往的话……"凌风认真的表情，让小容紧张起来，她连忙伸手比画着——

"凌风，我想……我不能……对不起。"

她转身跑进病房，门从后面被轻轻地掩上。

7.

"将这两份卤肉饭送去总监办公室吧。"老杨指着柜台上的餐盒,对小容说道。

"今天怎么只送餐去总监室,其他的人呢?"

总监平时只是自己吃卤肉饭,看来今天是来客人了,那个人应该也想吃卤肉饭。

小容拿着餐盒,看看柜台后面,带着疑问出了餐厅。

到了对面大楼,出了电梯,走到总监办公室门口,她伸手轻轻地敲了敲,里面的人应了声"进来"。

小容进去,看见陆晨光坐在沙发上看一沓资料。

是他!

他是总监,还是总监办公室的客人?

看见小容进来的陆晨光,连忙将资料搬回办公桌上,将空出来的地方铺垫上一块咖啡色格纹布,然后将一束蓝色玫瑰放在上面。

他有条不紊地做着这些。

"谢谢你及时将饭送过来。"陆晨光一边说,一边从小容手中接过两盒卤肉饭,将它们分别摆在格纹布的两边。

"你的客人还没有来,饭会不会凉了?"

"来了啊。"陆晨光伸手将她带到他铺设的桌子旁边,然后认真地对她说，"客人，你过来坐吧。"

她毫无设防地被他带到沙发前面，慢慢地坐下去后，仰着头看他所做的这些。

等她坐定后，陆晨光才在她对面的位置坐下来。

"这个是给你的。"

8.

忙完工作，陆晨光便会来保育院跟孩子们待在一起，所以，他又多了几种身份：宣传板搬运工，穿上各种动物衣服的标靶，或者是抓小鸡的老鹰。

孩子们有事没事都喜欢黏着他。

"叔叔，明天你还会来吗？"

"叔叔，我的风筝在树上了。"

"叔叔，这是我画的画，送给你，老师也有。"

"叔叔，小果儿说你会带我们去玩，是真的吗？"

"叔叔，你教我开车吧。"

……

"带他们去游乐场吧。"

这天，陆晨光对小容建议着。

听陆晨光这么说，小容有些担心的样子，她告诉他——

"这么多人,我们照顾不来的。"

陆晨光说:"我有办法。"

小容问他到底是什么样的办法,陆晨光只是对她神秘地笑笑。

几天后,陆晨光带着他属下的年轻人来到保育院,足足有几十人。

孩子们看到这些平时只在电视屏幕里才见过的哥哥姐姐,一个个嚷着喊他们的名字,十分开心。当孩子们听说这些哥哥姐姐要带他们去游乐场时,更是欢闹不已。

这样,每个人负责带一个小朋友,大家一起去了游乐场。

"小果儿,今天开心吗?"陆晨光低头问身边的小果儿。

"开心。"小果儿昂起头来笑着说。

这时,旁边的小容用手比画着对陆晨光说:"谢谢你。"

"叔叔答应过小果儿的事情,就要做到。是吧,小果儿。"

"小果儿长大后也要像叔叔一样,赚很多钱,让没有来过游乐场的小朋友们都能坐一次摩天轮。"

"来,我们祝小果儿小朋友愿望成真。"

陆晨光说着,伸出手和小果儿击起了掌。

在这些哥哥姐姐的带领下,小朋友们体验着这个独特星期天带来的快乐,过山车、碰碰车、小火车、水上脚踏油轮、旋转木马上,到处都是孩子们的身影。

"叔叔,你会骑马吗?"

路过马场入口的时候,小果儿抬头问身后的陆晨光。

"小果儿想骑马吗？"

"叔叔，你可以教我骑马吗？"想要骑马的小果儿，要小容和陆晨光带他一起进了马场。

陆晨光翻身上马，示意马夫帮忙把小果儿抱到他的胸前，他一手抱着小果儿，一手扯着缰绳，轻轻一扯，马儿便嗒嗒嗒地小跑起来。

绕场三圈后，马儿在出发的地方站立，小果儿高兴地对站在那里一直看着的小容说："老师我骑马了，现在该你了。"

"老师不会，小果儿骑就好了。"

小容做着手势。

"晨光叔叔会教你，他骑得可好了。"被马夫抱下马来的小果儿，对小容大声地说。

"好了，小果儿骑过马了，我们走吧。"

她告诉依然坐在马背上的陆晨光。

陆晨光望着她笑着，并没有下来的意思，而是向她伸出手来，说："来吧，小果儿都不怕，你还害怕啊？！"

小容因为害怕而迟迟不肯上马，陆晨光示意旁边的马夫，会意的马夫扶住她的后背用力一举，陆晨光伸手将她稳稳地安坐在自己前面，像保护小果儿一样，他一只手抱住她的腰，一只手抓住缰绳，出了围栏。

这一次，马儿没有听话地嗒嗒嗒慢跑，而是欢快地奔跑起来。因为害怕坐在前面的她连忙将眼睛闭了起来，因为害怕而靠着背后的臂膀以求得安全。他用手紧紧地抱住她，青瓜的清淡气味迎着风，而风正从耳边过去。

一圈，两圈，三圈。

似乎比刚刚的三圈快多了，陆晨光从马上跳下来，见马背上的小容一副惊魂未定的样子，温和地冲她笑笑，说："很容易吧，下次你就不会害怕了。"说着，将她从上面扶了下来。

"老师真勇敢。"

"小果儿更勇敢。"

她将被风吹乱的头发拂了拂，又想到刚刚骑在马背上时耳边传过来的温热呼吸，心突然猛烈地跳了起来。

担心让身边的人看到自己这样的变化，她故意走在了两个人的后面。

9.

"绿笙啊，谢谢你这几天每天都来陪我，幸好有你在。"晨光妈妈一边收拾东西，一边对绿笙说着。

"阿姨，您难得来，好好陪您是应该的。陆先生他工作很忙，您千万别责怪他。"绿笙礼貌地解释着。

"瞧这甜嘴儿，可真会说话，听了真让人心里舒服。"晨光妈妈从大堆的袋子盒子中间找出一个白色袋子，拿在手上。

"阿姨,您又取笑我了。"绿笙还是礼貌地站在一旁,回着晨光妈妈的话。

"对了,绿笙,今天晚上你推荐一个地方吧,阿姨想请你吃饭。还有,这个是阿姨送给你的。"晨光妈妈说着,将手里的白色袋子交到绿笙手中。

"不用了,阿姨。"绿笙连忙谢绝。

"就当陪我这个不熟路的游客也不行啊?"望着面前乖巧的女子,晨光妈妈的眼神里多了很多疼爱。

"阿姨,这个我不能收的。"绿笙说着,将白色纸袋放回酒店的沙发上。

"这可是我今天特意替你挑的,你不要,难道要我这老太太穿啊?"晨光妈妈说着,又将袋子塞回绿笙手上。

"谢谢阿姨。对了,不知道阿姨平时都喜欢什么样口味的菜?"

"清淡一点吧,也没什么关系,只要接近这边口味的就好,也图个新嘛。"

"这样啊,阿姨,我有个建议不知道好不好?"

"没关系,你说来听听。"

"我姑父他很会做杭州菜,平时在家里也是他下厨的。所以,如果阿姨不介意的话,晚上就请阿姨去我家吃饭吧。"

"你住姑姑姑父家吗?"

"因为爸爸妈妈移民去了澳洲,我暂时还不想和他们一起过去。爸爸妈妈不放心我一个人住,所以就住姑姑家。"

"姑父是做什么的?"

"姑父在近郊有个花木基地,交给别人打理,所以他自己一个月也去不了几次,姑姑自己有个小型的毛绒玩具厂。"

"嗯。不如叫上晨光和他爸爸一起吧,一起去。"

"那我先给姑姑打电话。"绿笙说着拿出手机给梅玲姑姑打电话,说了有客人来吃饭的事情。

"好,等下再陪我去买些东西,第一次去可不能空着手。"

"阿姨,不用了。"

"怎么不要?很有必要的。"晨光妈妈说着笑了起来。

绿笙带着晨光的爸爸妈妈回来的时候,姑父和梅玲姑姑已经将餐桌布置得像个宴会。

可是,陆晨光的电话打了好几遍也无人接听,坐在客厅里的晨光妈妈一遍遍念叨着。

"他妈妈,你就别念了,开饭吧,都这个时候了,别等他了。"晨光爸爸说着走到餐桌边坐下来后,大家也都跟着坐了过来。

这时,绿笙的手机响了,是陆晨光。

"哦,不来了吗?好吧,没关系,我会送叔叔阿姨回酒店。"

绿笙合上手机,说:"他说晚上必须和保育院的孩子们一起吃饭,不能过来了,要我代他说抱歉。说刚刚没接听电话实在是因为太吵了,根本就没办法听到手机的铃音。"

"嗯，知道慈善举动对事业来说有多重要了，看来回来后还是有进步的。"晨光爸爸说着，举起杯子，"好了，我们来干一杯，谢谢你为我们准备了这么丰盛的晚饭。离开十几年后重新回到这里，真是——感慨很多啊。"

"来，干杯！"

"干杯！"

"……"

晚餐尽兴而又愉快，聊到以前的事情时，听梅玲姑姑说绿笙爸爸妈妈以前住胜昌门一带时，晨光爸爸突然变得有些心事重重的样子。

晚饭后，晨光爸爸和晨光妈妈告别时，绿笙提议要送他们回酒店，自己正好顺路去舞蹈工作室拿东西。

"叔叔阿姨，晚安。"

将两位长辈送到酒店后，绿笙道别离开。

将绿笙送到走廊上的晨光妈妈对她说："记得跟你的姑姑姑父说谢谢他们的款待。"

"好的，阿姨叔叔不用这么客气。那我先走了。"绿笙说着往电梯方向走去。

回到房间的晨光妈妈，见晨光爸爸坐在沙发上若有所思的样子，走过去问他："你这两天都去了什么地方？有一点消息吗？"

"没有。"晨光爸爸无奈地摇了摇头。

"这么多年了，他自己从不提，真难为他了。"晨光妈妈说着坐回床边,她突然对晨光爸爸说,"老陆,要不咱们放弃吧。要真是找到,你说晨光他……他会不会离开我们?"

"习敏,我答应过人家,就要尽最大的努力去找。"晨光爸爸说着,点了一根烟,想到十几年前自己在律师楼做职员时的事情——

晨光平从律师楼出来,骑自行车去开庭,在出街道的拐角处撞到一个女人。因为赶时间的晨光平给了她钱,让她自己去医院看看是否被撞伤。

后来在律师楼,晨光平再次碰见这个拾废品的女人。再见到晨光平,她也很意外,忙将上次他给的钱分文未动地还给了他,说自己什么事也没有,所以不能拿他的钱。晨光平问她这么年轻,为何要以卖废品为生。

女人说自己是来找失踪的丈夫的,房租、生活费,还有孩子的学费都得负担,自己又从乡下来,所以除了替别人打扫卫生外,平日就拾些废品拿去卖。

出于同情,晨光平介绍了她来律师楼打扫卫生。

她才领完一个月的工资,第二天就向主任提出预支工资,被拒绝了。知道她是为了给孩子交拖延的学费后,晨光平将自己的工资给她送去,她却不要,晨光平说用她每个月的工资分期偿还,她才同意收下。他将自己的电话留给了她,说是如果有什么需要,一定要打这个号码。

没两天，他的电话响了，是个老人家的声音。

老人说她出事了，没有认识的人，在她家里只找到这个号码。

晨光平赶到她住的地方时，只见到那个可怜的正在找爸爸却又突然失去妈妈的小男孩儿。

他答应了那个邻居老人，将小男孩儿带走，他会帮忙替他找爸爸。

然而，没有任何线索就犹如大海捞针。

因为工作关系，要南下的晨光平只好办理了相关手续，带着孩子一起离开。

就这样一去就是十多年，但他从没放弃替孩子找他的亲生父亲。

10.

离开晨光爸爸妈妈住的酒店，绿笙直接去了舞蹈工作室。

绿笙拿好装了辞职离开所有东西的袋子下楼，拦了出租车，将袋子先放进去后，自己在旁边坐了下来。

汽车拐弯的时候，从袋子里滑出一个泥塑小男孩儿。绿笙将它从坐垫上拿起来放在手上，轻轻地抚摩着泥塑小男孩儿的脸。

妈妈因为米糕的事情而错怪小泽，绿笙用平时攒下的零花钱买了这个泥塑娃娃，想送给小泽，好向他道歉。那天中午，她和同桌从食堂回教室,刚进门就看见小泽将餐盒用力地扔向墙角,米糕酱菜还有两个窝窝,全部翻滚一地。

泥塑娃娃没有送出去给他,一直留在自己身边。

将目光从泥塑娃娃上移开后望向窗外。就像小时候一样,她的目光还是会不由自主地被他的身影吸引,只是现在的绿笙为了让他也能注视自己,知道该怎么去做。

人的心,有时候就是这么难以控制的吧,因为内心的那股力量驱使,才会做那些令自己都不可思议的事情。

突然,她的目光落在了街对面人行道上——

陆晨光背着小果儿,跟保育院的女老师慢慢地走着。

绿笙觉得小泽身边的女人好像在哪里见过。她努力在脑海里搜寻一些片段,好像……没错,是保育院,是公益宣传活动那天帮她提行李袋的女子。

他们怎么会认识?

突然觉得面前出现了巨大障碍物的绿笙,真想马上下车跑过去问问清楚。她回头从后车窗中望着他们渐渐在视线中模糊的身影,有些懊恼地转身坐好。

想了想,绿笙将手机拿出来,拨通了酒店的电话。

"是阿姨吗?"

"哦,绿笙啊,回家了吗?"

"还没有……"

"你在哪里呢?"

"在回家的路上。阿姨,我想……我明天不能来酒店了,所以想……跟您说一声。"

"为什么?发生什么事情了吗?"

"哦,刚刚从舞蹈工作室出来的时候,电梯坏了,走楼道时不小心崴了脚。可能上次崴的地方还没怎么好,所以很容易崴到。"

"严重吗?这样好了,你告诉我现在在哪里,我让晨光去接你。"

"我还在工作室楼下,没事阿姨,我自己走出去打车就好啦。"

"那怎么行?你待在那里别动,我这就叫晨光送你去医院。"

"阿姨,真的不用……"绿笙没有说完,晨光妈妈就已经将电话挂断了。

电话那头传来连续的忙音,绿笙觉得心里有了一丝反败为胜的欣喜。

她将手机合起来,对前面的出租车司机说:"师傅,麻烦你掉头,去胜昌门广场。"

陆晨光赶来的时候,绿笙正坐在广场边的椅子上。

"你没事吧?"

见她这么晚一个人坐在广场边,陆晨光又起了恻隐之心。

"对不起,这么晚还打扰到你。"绿笙一只手揉着上次伤过的地方,抬头望了望眼前一脸担心的陆晨光,心里有阵窃喜。

"走,我带你去医院。"他说着上前伸手去扶绿笙。

"不用了，我回去自己用药水擦着揉一下就好了。"担心被他看出破绽，绿笙一边用手抚摩着脚踝，将眉头皱了起来。

"不行，还是去医院吧，万一……"

陆晨光坚持着，一定要带她去医院看一下，还是被绿笙拒绝了。

"真的不用。你送我回家吧。"

"那好吧。"说完，晨光伸手扶着她朝打开的车门走去。

"哎呀！"像突然被伤到一样，绿笙不小心就喊了出来。见绿笙疼痛的样子，陆晨光没敢再让她自己走，只好将她抱起来放进车里，确定她坐舒服了以后，自己才回到驾驶座位上。

绿笙看着陆晨光的背影，思量着自己这样做所换得的感情分量。她不会意识到，在没有真正失去之前，为了享用那些注定不属于自己的温存而丢失的，不仅仅是真诚。过于专注的情感可以是带来幸福与甜蜜的旋涡，可也会是无法自拔的痛苦泥沼。

绿笙沉迷于自己偏执的爱情，她觉得爱情就是一个容器，谁给予得多谁就理应享有支配权。

★ 星星失去了自己的名字

第五章
堇色向日葵盛开

XINGXING
SHIQULEZIJIDEMINGZI

堇色向日葵盛开
幸福留在每个晨昏
我正老去

1.

　　红桥保育院 80 周年的纪念晚会，租用了影城的大礼堂，台下前排的座位上，坐着一直以来给予红桥保育院帮助的代表，陆晨光以赞助人身份被邀请出席。
　　礼堂里响起了轻快的弦乐。
　　舞台上，一只"白天鹅"出来，她在湖边欢快地起舞，优美的舞姿吸引来一群洁白的"小天鹅"。"白天鹅"带着这群"小天鹅"在湖边嬉戏玩耍，突然一阵电闪雷鸣，黑风将"白天鹅"卷走了……
　　望着台上的"白天鹅"，那重叠的白色褶皱中似乎传达着某种魔力，让他忘记此时此刻自己的身份，忘记时间。
　　梦幻。
　　是的，如果要用什么来形容此时此刻陆晨光的内心感受，这应该是最确切的词。
　　他的目光追随着她的身影，看她踮着舞步穿梭在孩子们中间，看她独自在舞台中间熟练地旋转，看她伸出的手臂在颤抖，看她孤独地倒在湖边……
　　直到灯光亮起来。
　　是从这个时候开始的吗？或许是从她拦在汽车前面的时候，从她和自己站在同一个屋檐下躲雨的时候，又或者是更早的时候——他自己都无法分辨的从前,某种简单得不用说明,却又多到无法负荷的东西。

他深深吸口气,空气一下子沉到心底。慢慢从刚才那种接近眩晕的感觉里恢复过来后,陆晨光站起来,朝那群美丽而热闹的"天鹅"走去。

"叔叔,和我们一起合影吧。"小果儿跑过来,将陆晨光拉到"天鹅们"中间。

他扭头去看她的时候,正看见她望着自己笑。看到自己注视的人也正望着自己的两个人,一下不知如何是好,连忙将目光移向别的地方——

比如礼堂中央的大吊灯,比如摄影师身后的黑色包包。

刻意地回避了对方的目光,又犹豫着忐忑地再去寻找那个人的身影,没有把握,担心被对方知道的时候,是因为害怕被敷衍。

就这样,当合影的"小天鹅们"四处散开以后,两个人依旧还站在原地。

"原来你舞也跳得这么好。"

陆晨光看着她,乌黑的头发不再像往常那样遮掩着她的脸,而是全部被梳理到脑后锁成整洁的髻,露出圆润光滑的额。

"孩子们见你来参加年庆晚会,都特别高兴。"

她这样告诉他。

"你呢?"

"我该去换衣服了。"

在他的专注目光下被问到不知如何回答的问题时,她只好用手抓住白色裙角小心地绕着手指,以便能掩饰自己内心的紧张。或者,干脆跑进舞台的帷幕后面。

他并没有想过是否得征询她的同意,只是站在原地等她换好衣服后出来。

圆领套头衫,水洗发白的牛仔裤。

这样的她从帷幕后面出来,又走回仍站在原地的陆晨光跟前。

"聚餐快要开始了,走吧。"

"我不想去聚餐。"

"怎么了?"

"一起出去,就我们,我和你一起吃饭,好吗?"

"可是,等会儿院长找你……"

还没等她说完,陆晨光伸手牵起她的手便朝礼堂外面跑。两个人一直跑过草场,绕过人工湖,她一路跟随着他。

这个地方叫 Abbracciamento,一串长长的奇怪字母。

来到早已预定好的座位面前,陆晨光让她先坐下,自己才坐下去。

"第一次见你用便笺本的时候,就觉得你用这个会更加方便。"陆晨光说着,从裤兜里牵出一根红色线绳,他将线绳拴着的手机放在她面前。

"我不要。"

她觉得有些难堪，所以低下头去。

"为什么？"陆晨光的急切全都写在了脸上，他问坐在对面的女子，担心自己的举动惊扰到她一直所习惯的平静。

"我不能拿你的东西。"

她的理由很简单。

"这不是我的，是为了你更方便地工作才给你用。"

陆晨光庆幸自己事先和院长提及过。

"是这样吗？"

她望着陆晨光，只是不能确定他说的话是不是真的。

"不相信你现在就可以发简讯问院长。"

陆晨光说着，冲她笑笑后告诉她："你把自己想说的话输入里面，确认后再输入那个人的手机号码，就这样按发送键，对方就能收到你的话了，很简单吧。"说完，陆晨光的手机响了，他拿出来将手机打开放在她面前，"看，刚才你发送的简讯。"

"可是，我并不需要它，根本也没有发简讯的对象。"

她辩解着。

"怎么没有？我啊。"

听她说没有可以发简讯的人，陆晨光觉得失落起来，一脸无辜的样子望着面前的她。

她还是用不愿意接受的眼光看着面前那部小巧玲珑的手机。

"好啦，它又不是定时炸弹，快收好吧。该吃饭啦，肚子好饿。"陆晨光说着将手机塞进她的手中，用手揉了揉自己的肚子，冲坐在自己对面的人傻笑着。

见她小心翼翼地将手机拿起来放进自己身边的包包里，他才重重地舒了口气。

2.

下午临走前，绿笙到陆晨光办公室门口轻轻敲了门，没有人应声。

她推门进去，在门口的沙发上坐了下来。等了好一会儿，陆晨光也没有回办公室。

第一次进陆晨光办公室的绿笙，站起来在房间里四处看了起来——

沙发上读到一半的英文管理著作、墙上的个人照片、桌上线条简洁的水晶雕塑。

绿笙走近桌边，拿起上面的签字笔，她将笔帽拉开，用手指轻轻碰了碰笔尖——那里似乎还留有签字人握紧它的温度。

一定是他用过的一只银色火机，绿笙用力按下去，蓝色火焰喷涌而出。

她将他没有来得及收回抽屉的名片拿在手中，轻轻念出上面的名字和职务，想象陆晨光打电话时与人交谈的神情。

不知道木色相框里面镶着他哪个季节的照片？当她准备去拿

过来看时,一张火红色宣传单一样的东西映入绿笙的视线,她将手里的名片放回原来的地方,伸手拿起了火红色传单。

确切地说,那是一张芭蕾舞剧目表。

鲍罗丁(俄)大型歌剧《伊戈尔王子》
马林斯基剧院演出 捷杰耶夫指挥
演出时间:6月25日—6月28日 19:00

俄罗斯基洛夫芭蕾舞团芭蕾舞剧《天鹅湖》
演出时间:6月31日—7月2日 19:30

俄罗斯基洛夫芭蕾舞团交响芭蕾《珠宝》
演出时间:7月3日、4日 19:30

俄罗斯基洛夫芭蕾舞团芭蕾舞剧《海盗》
演出时间:8月5日 13:30、19:30
8月6日 19:30
……

国际知名的芭蕾舞团要来演出,出演的人会是平时难得一见的世界顶尖级别的舞者。

望着这张芭蕾舞剧目表,绿笙欣喜不已。穿上礼服,坐在剧院里观赏这样的一场演出,可以说是绿笙学习舞蹈以来一直所梦想的事情。

她想到今天中午在走廊上遇见陆晨光时的情形:

"绿笙,你下午走之前去一下我办公室,有东西给你。"陆晨光说完,继续听凌风说他新想到的画面构思,两个人往电梯门口走。

"好的。"绿笙答应着,心里在想不知道会是什么事情。

看着手中的芭蕾舞剧目表,绿笙情不自禁地笑了起来。他叫自己来,一定与芭蕾舞剧有关吧。这样想着的绿笙,心里觉得甜甜的。

她将手中的剧目表放回桌上,离开了办公室。

带着幸福感觉出了大厅的绿笙,因为想着剧目表的事情而高兴得忍不住跳了起来。没有拦出租车,心情好到沿街一路上觉得每个人的面孔都亲切而可爱。

阳光正好,一切都刚刚好。

经过一家女装店橱窗门口,她忍不住停下脚步来。

橱窗里的黑色晚礼服,细肩带,低领束腰,胸口有宝蓝缎面花饰。想到芭蕾舞剧,她兴高采烈地进了女装店,买下了那条裙子。

想象自己穿上它和晨光一起观赏芭蕾舞剧的情形,绿笙回到梅玲姑姑家里。

3.

他站在一群洁白的"天鹅"中温和地笑着。

陆晨光的目光掠过照片里的每一张脸,然后落在那双眸子里。因为相信眼睛最能透露人真实的内心,期盼能从她的眼睛里得到一些讯息,所以才会望着照片不知不觉地出起神来。

罗瑞敲门的声音将陆晨光拉了回来。

"晨光,这个我帮你拿回来了。"他拿着一个盒子走进办公室,兴高采烈地说道。

"谢谢你罗瑞,麻烦了。"

"没事,那我先走了。"罗瑞将盒子放在沙发前的桌上,转身走了出去,关门的时候,他又将头伸进来,"对了,差点儿忘记跟你说,愿你今天拥有一个不平凡的夜晚。"

说完,罗瑞带着诡异的笑脸消失在门口。

陆晨光拿出电话发简讯给小容——

"你待会儿有空吗?"

"什么事情?"

"要见到你再说。"

"怎么这么神秘?"

"等一下你就知道了。"
"我待会儿要去院长的办公室。"
"那我先过来等你。"
"好吧。"

他将手里的照片轻轻靠着木色相框里爸爸妈妈与自己的合影放好，拿着桌上的盒子出了办公室。

到保育院，孩子们一见到陆晨光，还没等他问，便都抢着告诉他"小容老师被院长奶奶叫走了"。

在院长办公室门口，陆晨光见到正从里面出来的两个人。一见陆晨光，院长便笑着问："陆先生，来找小容吧。"

"是啊，耽误您了。"他礼貌地说。

"没有，你们年轻人的事可比我这老太婆的事情重要。"院长打趣着说。

"院长又说笑了，您可不能说自己是老太婆。"

"哈哈，我还真希望自己不是，在这里可以多待几年……好了，我走了，你们忙吧。"院长说着往走廊另一头走去，走到一半忽然记起什么似的，回头对小容说，"小容，你要是考虑好了，还是去福利院一趟啊。"

她点点头。

"什么事？"一边的陆晨光问她。

"没什么，他们问我愿不愿意去福利院。"

"你去福利院做什么？"一听是福利院，陆晨光比小容更加紧张。

"是去做后勤管理，薪资会比在这里教小孩子画画好。我还不知道要不要去。"

"为什么？"

"不知道。"

"我知道，你是觉得那又是完全陌生的地方，别人不一定会全都接受你，对吗？"

她看着陆晨光，不说话。

"别担心，有我呢。你要是去了福利院，我就去做你的助手，财政助手，怎么样？"

她听后释然地笑笑，告诉他——

"很多事情不是钱可以解决的。"

"好了，现在我们不讨论这个，一切等你决定了再说。现在，我们有更重要的事情要做。"陆晨光看了看时间，继续说，"现在，先吃东西。"

Abbracciamento，这家店的名字真长啊。

已经来过两次，她终于察觉它与别处不一样。

"是意大利语，看来老板是个意大利迷。"

"意大利语？难怪看不明白。"

"其实意思很好理解。"

"那你知道是什么意思吗?"

"唔……知道一点。"

"是什么?"

"下次和你来吃饭时再告诉你。"

"一定是你自己也不知道,等下想去问老板,然后再告诉我是吧。"

陆晨光笑笑说:"真是逃不过你的眼睛。你想吃什么?"

"我想吃上次你帮我点的那种烘烤的蛋卷。"

"还有呢?"

"牛排,还有柠檬茶。"

陆晨光冲她挤了挤眼睛,笑笑,然后向旁边的服务生招了招手。

"牛排、柠檬茶,外加菠萝莴笋、芦笋浓汤、煎龙虾肉、羊肉、烤鳗鱼鸡蛋卷。谢谢。"

像在家里一样,两个人将各自喜欢的食物消灭干净,不会因为对方的缘故而有所顾及,相反,因为心情的关系反而觉得食欲更好一些。

一个手里捧着柠檬茶,一个手里是含氧矿泉水,相对静静地坐着,享受食物之后的小小惬意与隐秘欢欣。

短暂的酣然之后,陆晨光将芭蕾舞剧入场券连同自己为她精心挑选的观剧礼服奉至她眼前,他等待自己的主意给对面的女子带来小小的惊喜。

"这个，给你的。"陆晨光指着礼服和入场券，开心地说。

"什么？"

她望着面前的东西，一脸疑惑的样子。

"芭蕾舞团来我们这里演出，我买了票，因为想和你一起去看。至于衣服，想到去看芭蕾舞剧时可以用得着，而且你穿着肯定好看，所以就买了……"

她坐在那里，望着他精心准备的礼物，没有反应。

过了一会儿，她突然从座位上站了起来，对他做了"对不起，我有事必须先回去了"的手势，头也不回地跑出了餐厅。

不知道发生了什么事情的陆晨光，被她突如其来的举动惊得愣在那里。

等他意识到是自己的唐突吓跑了她，等他拿着被她拒绝的东西追出来时，只见到她很快消失在公交车门内的身影。

陆晨光将认真准备的礼物重新放回车内，开着车跟在那辆公交车后面，然后见她在保育院附近的车站下了车。

他只知道她为人单纯，内心柔弱，他所不知道的是自己让超越朋友关系的某种介入令她觉得一切不再自然；他只知道自己那么急切地想尽一切办法来削减两个人之间的差距，他所不知道的是在一切未明了之前，这种良苦用心在她看来却只能称作恩惠，只会让她心里存在的沟壑越来越深。

所以，即使她此刻就在自己的视线当中，他也只有悄悄跟随的勇气。

在她沿街走了很久之后,他将汽车扔在大街上,跑了过去。
"对不起,我……"
"你回去吧,请不要跟着我。"
"你怎么了?"
"没什么,我想自己随便走走。"
"我送你回去吧。"
"不用了,谢谢你,你走吧。"
"你是因为我送你礼物而生气吗?"
"没有,不是因为你,你没有错。"
"那你为什么低着头走路一直不看我?"

她不再说话,只是一味地往前面走,已经走过了保育院的大门。陆晨光跑到前面拦住她,问她:

"你应该告诉我是什么原因突然要走,是不是因为我做错了或者是别的,为什么?告诉我,嗯?"

"因为我不能再接受你的礼物。你每次送我礼物都让我觉得自己是在接受你的施舍,我不愿意再接受任何人的施舍,尤其是你。"她因为激动而显得更加笨拙的动作,让她无法表达清楚自己内心的想法。

"施舍?傻瓜,你怎么会那样想啊?"

陆晨光只是恨不能马上将自己的内心告诉她,他伸手抓住她的手臂,害怕自己一松开她就会消失似的,牵着她往停车的地方走。

让她在副驾驶座位上坐好，陆晨光才坐回到驾驶座位。

"你听我说，我这么做仅仅只是因为我……"

"我知道，可我不是那个人，你让我下车吧，求你了。"小容没有让陆晨光说完就打断了他。

"为什么？"

"我们，并不是同一个世界的人。"

"我可以过去，如果你觉得我们分属于两个不同的世界，那我不要我的这个，过去你那里。"

"你看看我，就是现在这样的我，没有读过大学，没有父母，没有家，甚至都不会说话，我只属于这里。而你，只是一个喜欢施舍别人的客人。"

"……"

"对不起，陆先生，我得回去了，保育院晚上九点就会关门。"

4.

绿笙敲门后走进陆晨光的办公室，问他："陆先生，你找我？"

"哦，我妈说这个一定要给你，都放我这里好长一段时间了。她说这个对你的脚伤有用。"陆晨光一边说一边从抽屉里拿出一个圆柱形的小铁罐子，放在桌上。

"谢谢阿姨，麻烦她了。"绿笙拿过桌上的药水，低头望着瓶身上的奇怪马来文字。

"没事。"陆晨光说完，低头继续看文件。

原来是药水，而不是芭蕾舞剧入场券。

她有些失落地摆弄手里的那瓶药水，转身准备离开。

"绿笙，你等一下。"陆晨光打开抽屉，拿出一个红色信封交给她，说，"这是芭蕾舞团演出的入场券，不知道你喜不喜欢，明天好像是最后一场。"说完，陆晨光对她亲切地笑了笑。

"你怎么知道我想看他们的演出？"

"我记得你好像是学舞蹈的。"

"谢谢。"绿笙说着开心地走出陆晨光的办公室。

第二天晚上，绿笙比舞剧演出时间提前一些来到剧院，其他人已经陆陆续续入座了。她在大厅等了一会儿，没见陆晨光来，便先进去找到座位坐好。

"你好，绿笙。"舞剧启幕的时候，绿笙听到有人叫自己，她侧身去看，正遇上罗瑞注视自己的目光。

"罗瑞？真巧啊……"看到罗瑞的一刻，她便明白是怎么回事了。

她用力地紧紧撕扯着小手提袋上的珠链，想想自己这几天为了来观看今天的演出所做过的事情，而现在坐在身边的人居然是罗瑞。

从来没有人对自己开这样的玩笑，绿笙觉得自己被愚弄了。

《Werther》是个悲剧。

Werther 指着夕阳下的山冈对身边思慕的女孩儿说那将是埋葬自己的地方，即使他的命运注定与所爱的人错过，那些满山摇曳的苇草会借此诉说相思的孤独，也会用摇曳的姿态继续表达他内心的爱情。

　　一个人的悲痛莫过于爱上心已有所属的另一个人。

　　横亘在自己和他之间的那个影子此刻又来侵扰她，绿笙望着舞台上的布景，将那个影子想成阻碍 Werther 实现爱情的敌人。当 Werther 倒在血泊中的时候，眼泪溢满绿笙的眼睛，她用手轻轻一碰，它们便毫无顾忌地流了下来。

　　身边的人用手臂轻轻地碰了她一下，将柔软的纸巾递到了她的手边。

　　灯光亮起来的时候，绿笙身边的座位上没有人，整个剧场的人开始如蚁群般缓缓向出入口处流动。绿笙坐在座位上轻轻拭了拭眼角后，也走出了剧场大厅。

　　"喝点吧。"罗瑞将温热的咖啡递到绿笙面前时，让她惊了一下。

　　"谢谢。"绿笙接过咖啡，贴近嘴边轻轻抿了一口。

　　"你一定很失望吧，因为他没有来。"罗瑞的话一语中的，猜透绿笙的心思。

　　"你说什么呢？"

　　她将目光望向大门口，用来掩饰自己的心事。

　　"当你发现坐在你身边座位上的人是我时，你的眼神告诉我你喜欢他。还有，你上次帮我去接陆叔叔和陆阿姨的事情……"
"那又怎么样？"
"你为什么不告诉他？"
"这事跟他并没关系，我不需要那么做。"
"你喜欢他，与他没关系？别开玩笑了，绿笙。"
"那如果他喜欢的是别人，你觉得也与你没关系吗？"
"……"绿笙没有说什么，但是她望着罗瑞的眼神里充满了敌意。
"对不起，我多嘴了。可是绿笙小姐，我说的是事实。"罗瑞说完，一个人向大厅门口走去，剩绿笙一个人站在那里。
她将手里喝剩的咖啡扔进钢制的垃圾桶内，走到剧院门口拦下了银色出租车。

"不知道怎么做才好，知道你喜欢的是别人，不会是我的时候……真的很讨厌那种感觉。你就不可以将那样的喜欢分一点给我吗？至少我不会介意，还会全心全意只喜欢你一个人……这样对你，也不会有什么损失……"绿笙拨通电话，带着醉意地冲着手机那头的人央求着。
"绿笙，你在说些什么？请不要这样。"看到是绿笙的号码却不确定她真的会说出这些话的陆晨光，想确认自己是不是听错了。
没想到绿笙对着电话那头大声叫道："我说你可不可以喜欢

我,只要喜欢一点点,我就会将自己的心都留给你,全部!"

"绿笙,你在哪里喝酒?这样做对你只有坏处。"

"不是对我,是对公司吧。你只是关心公司的形象,只是担心明天的娱乐版头条……"

不到二十分钟,陆晨光便出现在绿笙的面前,他有些着急的神情引得绿笙一阵哈哈大笑起来:"真快啊,是不是担心我出事了会连累到公司声誉?"

"别喝了,绿笙。"

"为什么不喝?喝了酒说的话才是……对的,喝酒后才不会说错话。不用……明明知道你是谁却要装作不知道,也不用装作不在乎……"

绿笙一股脑儿说了许多话,陆晨光望着有些失态的绿笙,心情很复杂。

他夺过绿笙手里的酒瓶后,将她扶出酒吧,往泊车的地方走。在街对面的绿化栏边,绿笙倔强地甩开陆晨光的手,重重地摔在了地上。

两个人在原地折腾了很久,一直到很晚,绿笙都没有坐到车上。

"小泽,求你别将我送回家。"

过了很久,绿笙突然说出这样一句话,让陆晨光深深地叹了口气。

他将绿笙带到胜昌门广场附近一家自己常去的汤面馆。

"老板,两碗汤面。"陆晨光说完,将对面的绿笙安顿好后,才回到自己的座位坐好。

可能真是饿了,绿笙将自己面前的汤面吃得很干净。重新坐好后再次望向自己对面的男人时,她的情绪已经平静了很多。

"不好意思。"她突然说。

"你好些了?"陆晨光一边将碗里的汤喝干净,一边抬头问绿笙。

"送我回家吧。"绿笙站起来,语气十分平静的样子。

两个人一前一后坐进陆晨光的车里。在送她回去的路上,绿笙和陆晨光好长时间都没有说一句话。

最终打破沉默的人是绿笙,她问陆晨光:"你喜欢保育院的那个老师?"

陆晨光扭头看了绿笙一眼,说:"你现在的样子不适合谈论这样的话题。"

"那你觉得你们合适吗?"绿笙不放过任何继续谈论这个话题的可能性。

"你想说什么?"陆晨光的话也严肃起来。

"让她成为陆氏继承人的妻子,并不能带给她幸福,却会让她更痛苦……"

"这与你并没有关系。"

"可我喜欢你。"

"我知道,可这与我喜欢谁也并没有关系。"

"……"

绿笙说不出话来,她无话可说。

临近午夜的街道上空旷了许多,车内又是长时间的沉默。

绿笙从后面望着陆晨光的背影,无论是用长度还是用体积都无法计算清楚的情感,让车内的空气更加浓密起来。

她深深地舒了口气,还是感到呼吸困难。

好一会儿,她才说:"对不起,明明知道你喜欢的人是别人,却还是管不住自己的心。以前至少妈妈会阻止我,将我往回拉。现在,我自己一个人不小心就走出了很远,甚至没有办法再回头……"

她说着,让目光离开他的背影,望向窗外。

"你知道我以前有多恨轻雨姐吗?她破坏了我小时候喜欢一个人时所抱有的全部幻想。现在终于明白了,是自己所爱的人让我将她当成敌人。以前是轻雨姐,现在是那个保育院老师。"

汽车在梅玲姑姑家楼下停下来,绿笙下车后将车门关好,转身准备进门。

看着她瘦削孤单的背影,陆晨光忍不住在后面叫了她一声:"绿笙。"

绿笙忙转过身来问他:"怎么了?"

"你会遇到适合自己的人。"也许是为了安慰她吧,陆晨光说着这种平时自己怎么也不会说的宽慰的话。

"我已经遇见过了。"她望着陆晨光的眼睛里,浸满了亮闪闪的泪花。

"绿笙,你不要这样。"他觉得有些难过,但真的无能为力。

"我能问你要一样东西吗?"绿笙突然问他。

"什么?"

"一个与爱情告别的拥抱。"

陆晨光久久地看了她一眼,走过去轻轻拥了拥她。然后转身坐回车内后,只留绿笙一个人站在原地。

原来幻想中的拥抱才最贴近自己的需要,绿笙这样想。

5.

"小姐,你找谁?"保安看见一身便装打扮的小容正准备进电梯,将她拦住了。

"我找陆先生。"

她用手语告诉正值早班的保安。

"对不起,你不能进去。"看不明白她的手语,保安指着大门口,让她离开。

"可是,我有很重要的事情想找陆先生。"

她没有离开,见电梯门打开的时候,想要挤进去。没想到保安用手抓住了她身上包包的带子,将她拖了出来:"小姐,你不能上去,请你离开这里。"

"放开我……"

她用力挣脱抓住她包包的手,有些生气地看着面前身形高大的保安。这一幕,被从门口进来的绿笙看到。

"放开她。"绿笙走到保安面前,语气严厉地说。

"你好绿笙小姐,可是她……"保安想辩解些什么,但看到绿笙只能马上换了温和的语气。

"你怎么来这里找我了,害我一直在对面的咖啡馆等你好久。我们走吧。"绿笙伸手抓住小容的胳膊,头也不回地往外面走去,留下一头雾水的保安愣在那里。

"谢谢你。"

小容冲绿笙笑笑,因为她刚才替自己解围而表示谢意。

"不用谢我。不知道你现在有没有时间,有些事情想和你聊一下。"

两个人已经走到公司大门台阶下的小广场上,绿笙将自己的意愿很直接地告诉了小容。

"什么事?"

两个人去了公司附近的甜品屋,在靠窗边的位置坐下后,绿笙对坐在自己对面的情敌提到了两个人第一次见面的事情。

"上次在保育院,谢谢你了。"绿笙知道自己的语气很冰冷。

"不用客气,我是姐姐,应该啊。"

小容笑了笑后告诉她。

"姐姐?"绿笙看着她,满脸的疑惑。

"上次在保育院，我就想告诉你，可你跑得比兔子还快呢。绿笙，我是轻雨姐姐啊。"

她冲对面的绿笙神秘地笑笑，比画着。

"轻雨姐姐？"绿笙愣在座位上，望着眼前的保育院老师，脑海中闪现出她和晨光在一起的画面。

原来他一直在骗自己。谎言带来的羞辱感将儿时伙伴重逢的喜悦冲得一干二净，绿笙按捺住怒火，问面前的轻雨："可是你为什么会……"

轻雨知道绿笙要问什么，只是拿着小瓷匙在自己面前的豆沙中轻轻搅动着，沉默起来。

过了一会儿，她才告诉绿笙——

"发生了很多事情。那天看到你在台上表演，觉得很意外。绿笙，你越来越漂亮了。"

"你一直住在保育院？"

她点点头。

"是晨光先找到你的？"

"你是说陆先生？他经常去胜昌门广场，我们碰到过几次，后来他的手机丢了，正好被我和小果儿拾到……"

"为什么？小时候你要抢走他？他好不容易摆脱你，现在你又来搅局，为什么？"

轻雨还没有说完，一直压抑着忌妒与懊恼的绿笙忍不住大声打断了轻雨。

不知道发生什么事情的轻雨，惊恐地望着面前突然变得歇斯底里的绿笙。

"绿笙，你怎么了？"

"你少来装好人，装可怜。就是你每次假惺惺在背后使手段，小泽才总是会被你这样的女人骗。"

"绿笙，你在说什么？你说小泽？小泽他在哪里？"

"他在哪里？你少装了，你不是整天都在缠着他吗？还找到公司去。你也不先看看那是什么地方，适不适合自己进出……"想到小时候因为轻雨而受到小泽的冷落，绿笙将怨气一股脑儿全倒了出来，她没留意到对面轻雨的变化，刻薄的话语劈头盖脸地砸到她身上。

她愣在那里，惊愕不已。

陆先生？小泽？轻雨终于明白是怎么回事了。

让她觉得难受的并不是绿笙的那些句句指向自己的话，而是他一直都在骗自己，知道现在的轻雨无力还击，所以可以肆无忌惮地表演一出又一出的戏。

她站起来，表情木然地朝甜品屋外面走去，扔下一脸愤然的绿笙坐在那里，收拾那些她依然没有说完的话。

"你以为一走了之就没事了？"

绿笙从后面追上来，拦在了轻雨面前，继续说："我从小就喜欢他，现在的陆晨光不再是以前的小泽了。你也想成为晨光的妻子？叔叔阿姨怎么会让你这样的人……"

心里像打翻五味瓶一样,轻雨觉得自己已经没有力气等她说完,像失去方向的麋鹿躲进山林,她朝街上人群热闹的地方拼命跑去。

6.

"提前回来了啊,看来一定很顺利。"见陆晨光比预计的时间早两天回来,罗瑞笑着说。

"是啊,本来还想去朝岛待两天的,想想还是等这个项目合作完成了,大家可以一起去。对了,有什么特别的事情吗?"陆晨光边说着,边将行李包中的文件拿出来放在桌上,然后坐进柔软的大沙发里。

"唔,没什么事,不过今天早晨好像有人找你。"罗瑞摇摇头,突然想起什么似的说道。

"谁找我?"陆晨光抬头好奇地问罗瑞。

"她好像只懂手语。"

"她一个人上来的?"

"不是,在大厅被保安拦住,早晨他们跟我说的……"

"罗瑞,我先出去一下。"罗瑞还没有说完,陆晨光便站起来,对他说道。

陆晨光几乎是一口气跑到糕点房,却被许师傅告知她今天休息。

"院长，您知道小容老师今天去哪里了吗？"陆晨光来到保育院，找个遍后仍然没有看见她的影子，他只好去了院长办公室。

"她打电话来说下午的课请假，应该是有什么事情吧。"

陆晨光发简讯给她，也没有回复，他打电话过去，里面是"你拨的用户暂时无法接通"的提示。

他又重新回到公司。

"陆先生，你好。"保安向他问好。

"知道今天早晨是谁当班？"他问值班保安。

"是我。"

"今天早晨是不是有个只会手语的女子来找我？她还说什么了？"

"哦，你是说绿笙小姐的朋友吗？她们后来一起出去了。"值班保安说完，好像又突然想起什么似的，对陆晨光说，"绿笙小姐一直在对面的咖啡馆等她来着的。"

"绿笙？"

"是啊。"保安很肯定地点点头。

"谢谢你。"

陆晨光说完，拿出电话，拨通了绿笙的号码——

"绿笙，你现在马上下来吧，我在公司门口。"

一脸欣喜表情出现在咖啡馆的绿笙，在见到陆晨光的样子时，便觉得有些不对劲。

"你找我……什么事情?"她在陆晨光对面的位置坐下来,问他。

"你今天找小容老师做什么?"陆晨光一见面便问轻雨的事情,让绿笙忌妒不已,"为什么骗我?你只是因为轻雨才叫我下来?为什么?"

"你说什么?轻雨?"

听到轻雨两个字的陆晨光,整个人的神情全变了。他冲到绿笙面前,伸手抓住她的衣服:"轻雨,你是说小容老师就是……轻雨?"

绿笙的脸色全变了。

像突然受到奇怪力量控制一样,陆晨光松开手,跑到停车的地方,将车迅速地开到街上。

被陆晨光奇怪的举止吓得呆在座位上的绿笙,这才忽然回过神来,想到自己今天做的一切,她"啊"的一声叫了出来。

7.

"你们两个是吵架呢,还是在玩躲猫猫呢?"第二天,见轻雨回来的院长担心地问她,"你们怎么了?昨天你一走,他就来找你。这回好了,他刚走,你又回来。"

院长的话让轻雨沉默了好一会儿。

她深吸口气后,对院长说:"院长,我想辞职。"

"为什么?"

又是好长时间的沉默。

院长问她:"小容啊,还记得当初我把你从街边领回来的时候吗?"

轻雨用力地点点头,眼眶跟着也红了起来。

"傻丫头,这么多年了,到底发生了什么事情不能和我说呢?"

她站在院长办公室的窗边,长长的影子映射在墙壁上,使那具身体看起来更加瘦弱。她望着院长的眼睛里浸满了亮亮的泪花,可她用力忍着,不让它们流下来。

"院长,有些事情我得处理一下,我想离开一段时间。"

院长看过那张字条,慢慢将它放到桌上后,才对轻雨说:"半个月够了吗?"

"谢谢院长。"

她冲院长点了点头,然后转身离开院长办公室。

在门口,她看见正冲这边跑了过来的陆晨光。听到他喊着"轻雨,别走"的那一刻,她在原地愣了一下,慌乱地转身向人工湖后面的礼堂跑去。

跑进礼堂里面,转身将大门关上后,轻雨背靠着大门慢慢坐在了地上。

应该怎么办?

怎么办?

她坐在那里，脑子里一片空白。

如果可以，她愿意回到没有遇见他的以前，哪怕独自待在无人认识的陌生地方，会更好吧。像悬挂在天上的星星无法选择自己的位置一样，她被看不见的力量束缚着，待在原地。

"轻雨，开门，让我进去。"

"轻雨，你让我进去啊。"陆晨光的手重重地捶打在门上，震得轻雨的背一阵阵发麻。

她坐在地上，脑海里出现他将小果儿骑在肩上冲自己笑着时的样子。

小果儿的样子不知道为什么突然又变成小泽小时候的样子，他坐在炉火边，在她描画的时候，眼神会偷偷地越过书本瞄过来。

"你出来吧。"

门外的陆晨光喊了好一阵却不见她回音，便在门外坐了下来。

隔着一扇门，两个人背靠着背，似乎能够感觉到对方的心跳。他贴着门轻轻地说："我知道你就在门后面，知道你为什么不愿意和我一起去看芭蕾舞剧，知道你为什么看见我便逃走，其实你心里很在意，像我在意你一样。你害怕我只是因为怜悯而走近你，现在我告诉你不是，不是，不是。"

"我有什么资格怜悯别人？一个被父亲抛弃的孩子，在陌生的城市里又失去母亲，她因为我而离开这个世界。因为被人收养，才没有四处流浪。尽管每天怀着感恩去做每一件事，还是觉得亏欠很多。遇见你的就是这样的我，原本就一无所有的陆晨光，甚至……连名字都不属于自己的那个人……"

门慢慢被打开,陆晨光坐在地上没有起来,轻雨走到他面前蹲下来,伸出手轻轻地抚过他的头发。

"为什么要躲我?"

轻雨摇摇头,像平时抱住小果儿那样,伸手抱住了坐在地上的大孩子。

★ 星星失去了自己的名字

第六章
无法停止的日光和雨

XINGXING
SHIQULEZIJIDEMINGZI

/
无法停止,雨
无法停止,日光
无法停止,爱
/

1.

"绿笙,你来看看这个吧。"指着最新款的首饰,梅玲姑姑回头叫绿笙。

正在试一款手链的绿笙听见姑姑叫自己,立刻举起右手朝这边的梅玲姑姑晃了晃,示意地问姑姑意见。

"这个……你觉得怎么样?"梅玲姑姑等绿笙走过来后,指着柜台里的首饰问她。

蓝水晶组合成交错相连的两朵花形周围,镶满了规格一致的钻石,它们被铂金依托着,正在绽放魅惑的幽蓝光辉。

看着柜台里面的项链,绿笙压抑住自己内心的喜悦,转身小声地对梅玲姑姑说:"姑姑,它真像是为我的礼服特制的。"

绿笙说着,是一脸欢欣雀跃的样子。

"好吧,那姑姑就将它送你了。"梅玲姑姑爽快地答应了。

"谢谢姑姑。"

绿笙说着在梅玲姑姑的额上重重亲了一下。

梅玲姑姑指着柜台里的蓝色项链,抬头对柜台内的人说:"你好,我们就要这条。"

"对不起,夫人,它已经被人买下了。"服务人员很礼貌地说道。

"它不是在这里吗?怎么被人买走了?"梅玲姑姑指着柜台里的项链。

"一位先生在网上预订买下了。"服务人员叫来了值班负责人。

"网上?现在我出更高的价格,将它卖给我吧。"见绿笙喜欢,梅玲姑姑更加不想放弃拥有这条项链的机会。

"对不起夫人,我们不能这么做,您还是再挑选其他的款式吧。"

见值班负责人也是同样的解释,梅玲姑姑只好作罢。

2.

还是在 Abbracciamento,特意预留了窗边宽敞的座位。

陆晨光拿到轻雨面前的盒子,细腻的缎面里透着深深浅浅的光。

这是什么?

轻雨好奇地问陆晨光。

"芭蕾舞剧的入场券可以随便送人,这个可不能随便送。"

陆晨光说着,又将另一只蓝色盒子从身后拿出来,他将两样东西一并交到轻雨手中,认真地对她说:"轻雨,生日快乐。"

轻雨将蓝色盒子打开,看到了精美的以兰花为主题设计的项链。不知道说什么才好的她，只是望着眼前的陆晨光。

"蓝色、幽谧、冷静而高贵的颜色，据说设计者的灵感来源于斯图尔伯爵送给未婚妻的一套首饰。尽管你平时很少有机会戴上它，我还是想将它送给你，像5个世纪前的伯爵那样，让它成为我们两个人的见证。"

目光深情，声音温和，就像是梦幻中的画面一般，眼前所发生的事情让轻雨觉得有些不可思议。

可是，我该拿什么给你？

轻雨想到贫乏的自己，神情黯然地望向他。

"只要你坚定自己的想法，不再从我身边逃开；只要你不再因为喜欢你的人是我而觉得厌烦；只要你愿意自己以后的每个日子都与我有关，就是送给我最好的礼物。"

当陆晨光知道面前的这个人就是自己寻找的轻雨之后，他开始明白人与人之间隐秘存在的某种联系，如同牵系各自脚步的红线，在那一刻真正来临之前，谁也看不到自己脚下的这一根绵延伸展去往的地方。

现在，望着她，那种称为幸福的温暖光晕渐渐在内心不断放大，直到眼前的轻雨比画着的手势打断他的想象。

"那你也不要再送我东西，只要你内心清晰，只要你不忘记现在，只要你好……"

看着陆晨光，她比画着的手渐渐慢下来。过去的十多年里，她从未像此时此刻这样过，这样迫切地想要亲口对他说出自己的感受,用声音告诉他,承诺他。

可是,她用尽力气,却只是像静默的玩偶那样忙碌着,无比悲哀。

"对了轻雨,为什么我去暮云镇他们都说你们全家都搬走了,而且还说什么家族遗传病。"

陆晨光提到上次去暮云镇找她的事情。

"我不是卖卤水豆干爷爷的亲孙女,妈妈生病去世后,我才和爷爷一起生活。爷爷离开后,是院长收留了我……"

累积起来的过往被翻检出来时,还带着难以忘却的酸涩与疼痛,轻雨无法将它们一一向他提起。

"全都过去了,从现在开始一切都会好的。"

他伸手紧紧抓住轻雨有些抖动的双手,安慰着,想说一些开心的事情让她心情好一点儿。于是,陆晨光提到公司即将举行的派对活动。

"轻雨,公司下周举行夏日派对,请你做我的舞伴。"

"可我从没参加过那样的活动。一定要去吗?"

"当然。"

"我不会跳舞。"

"我教你。"

"你教?"

"怎么?不信啊。"

轻雨摇摇头,笑着。

"要不现在试一下?"

"这里?怎么行?这么多人。"

"我有办法。"

说着,他牵着她的手走出餐厅后门,看见宽敞的楼道。

陆晨光带着轻雨一口气爬到楼顶的出口,推开门,宛如一个小广场般的天台就在眼前。

哇,这里真大啊。

轻雨跑到天台中间,环顾四周。天台两边的霓虹灯广告变换着丰富的颜色,明明灭灭地照着这处高楼间的空地,好比舞台上悬挂的彩灯。

夜幕低垂,湛蓝的天幕挂着零落的星星,弦月稀薄。

他仰着头大声喊着"轻雨"的名字。

"喂,你那么大声,别人会听到。"

"我就是要让他们都听到。轻雨——轻雨——轻雨——薛轻雨。"

他将手机拿出来,打开,天台上便响起了节奏柔美的三步舞曲。

一步,两步,三步。

一步,两步,三步。

尽管有些笨拙,但轻雨跟着他的步履慢慢找到其中的规律。

3.

公司的派对在天龙山庄举行——
度假酒店、水上游乐中心、高尔夫球场、野外拓展训练基地。
只要看看年轻女孩子们的穿着,就可以明白她们的心思。
绿笙的白色收腰连衣裙让她看起来像一只灵秀而骄傲的麋鹿,使她站在女伴们中间很是惹眼。项链上的珍珠是梅玲姑姑送给她的私人珍藏,此刻在她的颈上散发着无人能够抵挡的光。

"那就是陆先生的女朋友。"
"听说是保育院长大的孤儿,说不定还有什么离奇身世。"
"好抢眼的一对啊,快看啊。"
"很典型的灰姑娘变身记,看来道行不浅。"
"好像不会说话,好可惜哟。"
"真让人羡慕。"
……

绿笙回头,看见令自己一直耿耿于怀的蓝色项链正戴在轻雨颈上,将落落大方的美丽衬托得更加细致,如同兰花本身的优雅一般,微小却具有俘获一切的力量。
陆晨光一边向人打招呼,一边时不时回头看看身边的女孩儿。她站在陆晨光身边,露出得体的浅笑,那笑容让绿笙忌妒不已。

"他们总看着我,我好紧张,怎么办?"

轻雨用手拉扯着陆晨光的衣襟。

他伸手牵住轻雨的手,将她拉到自己身边不超过一尺的范围内,附在她耳边轻轻说:"不用害怕,站在我旁边就是。"

小型的五人弦乐组将派对的气氛渲染得紧凑而浪漫。

轻雨第一次穿这么长的裙子,宝蓝的裙身外面被一只巨大的蝴蝶结从前胸一直裹到腰际,像鸢尾花瓣般的下摆将脚拢住,使她看起来高贵而迷人。

她将手中的酒杯放在侍者的托盘内,习惯地用手提了提自己的裙摆。

全都是陌生的面孔。轻雨离开忙于和人应酬的陆晨光,自己一个人随处走着。长形餐桌上的食物穷尽各种样式与花色。

"轻雨姐姐,你不想吃点儿什么吗?离午餐的时间还早,想必为了这一身穿着,早餐也未来得及吃吧。"

不知道什么时候,已经走到轻雨身后的绿笙,有些刻意地说着这样的话。

听到有人说话,轻雨转过身看见眼前熟悉的面孔,她淡淡地望了绿笙一眼,便离开人群,一个人朝人少的地方走去。

绿笙回头看见陆晨光正和摄制组的人说话,便远远地跟在轻雨身后,离开了派对活动的地方。

连绵的草坡看上去好比一张平整的绿毡子,覆盖住目光所及的每一个地方。已经爬过一个缓坡的轻雨望着眼前的景色,信步走着,不知不觉便离开派对的人群很远了。

风习习吹过来,如绸缎掠过肌肤般,她在草坡上坐下来。望着前面被小树林掩映着的湖面深深地吸了一口气,清新微甜的空气让轻雨有些陶醉。她将手上戴着的长手套摘下来放进手边的小包里面,站起来往湖边走去。

湖边的灌木丛内开满了金色和粉色的萝婆婆,因为好奇,轻雨俯下身摘下一小串拿在手上,站起来沿湖走着。

躲在草丛里的灌木桩突然挂住了裙沿,她没站稳,"扑通"一声掉进湖里。

从长坡上下来的绿笙看到了湖面激起的水花,因为害怕而愣在原地。她没有再往前走,眼看着轻雨在水里胡乱地拍打着。因为巨大的裙摆缠住身体,轻雨几乎完全失去了挣扎的力气。

水里的人想要呼喊,用力不停地张着嘴,却发不出一点儿声音。

绿笙站在长坡上,望着水花涌动的湖面,还有那双向上伸出来不停拍打着的手臂,心里面的障碍似乎正一点点地解除。因为这可怕的念头,她惊慌地转过身,朝派对活动的地方跑去。

"绿笙,这是怎么了?这么多汗。"正在到处找轻雨的陆晨光正好见到浑身被汗湿透的绿笙,问她。

因为害怕,绿笙一声不吭地往派对的人群跑去。

"对了,你看见轻雨没有?"陆晨光冲着绿笙的背影问她。

绿笙依然头也不回,一脸疑惑的陆晨光只好继续往长坡那边走。可突然想起绿笙刚从长坡那边过来，轻雨如果在那边的话应该会跟绿笙一起回来。于是，他改变主意去了另一边。

绿笙回头，望着离长坡越来越远的陆晨光，终于舒了口气。

"你喜欢这个？"轻雨见绿笙拿着自己描的红楼梦人物爱不释手，便问绿笙。

"嗯。"绿笙连忙点点头。

"那送给你吧。"轻雨说着将那张图从画本里抽出来，放在绿笙手上。

绿笙的脑海中闪现出小时候的画面，她想到那个替自己拿着行李袋朝保育院门口走去的女子的背影，心里又后悔起来。

巨大的恐慌占据着绿笙的心，如墨迹般很快在她心里晕开。

她想擦掉心里面那些脏脏的东西，却因为越擦越脏而忍不住哭了起来。于是，她转身朝陆晨光的背影拼命般跑去。

"她……她刚刚……掉湖里面了！"一把拽住陆晨光衣服的绿笙，喘着气说。

"你说谁？谁掉湖里了？"

陆晨光转身望着绿笙，着急地问。

"轻雨姐……她刚才掉那边的湖……"绿笙边说边指着长坡的方向。陆晨光没等她说完，拔腿就往长坡下的湖边跑去。

湖面很平静，好像什么事情也未曾发生过。

陆晨光焦急地扫视着湖面，心里不停念着"她不会有事的，不会有事的……"

突然，他看到了浮在湖面上的小手包。伸手将颈上的领带用力往下扯开，甩了脚上的鞋子，"扑通"一声，他一头扎进小手包浮着的地方。

原来水是蓝色的。

如潜在的涌流在推动身体一般，陆晨光觉得自己正慢慢地接近她。他伸出手臂，抱住了正在慢慢下沉的轻雨，将她带出了水面。

像做了一个悠长的梦，轻雨梦见自己赤足穿越蓝色的雪地。好冷！

她睁开眼睛，看见眼前一双黑黑眼睛，是守在床边的晨光。她觉得自己的咽喉处像哽住了似的难受，无法咽下去也吐不出来的难受。

"你醒了。"望着她睁得圆溜溜的眼睛，陆晨光终于松了口气。

咽部的不适感越来越严重，像有什么东西堵住了似的，让她觉得呼吸困难，还开始咳嗽起来。

还有些轻微的抽搐。

"轻雨，你怎么了？"陆晨光一边安抚着轻雨，一边大声叫着，"医生，医生。"

"她以前一直就不会说话吗？"

在办公室里，医生问陆晨光。

"不，她十二岁以前还可以说话，后来家里有些变故，就变得不喜欢说话,后来就成了现在的样子。医生,她是怎么了?刚才……"陆晨光担心地问医生。

"她这种情况比较少见,因为她的语言障碍其实是心理上的障碍导致的,依照目前的情况来看,她恢复语言能力的机会很大……"

"医生,你说的是真的?她可以再说话?"医生还没有说完,陆晨光就激动地打断了他。

"我也没有十足的把握,不过你们自己可以尝试做些恢复训练,应该会有些帮助。"

"谢谢你,医生。"

回到病房,如果不是看见轻雨睡着了,他真想立刻将医生刚才说的话告诉她。于是,他只能坐在床边等着她醒过来。

轻雨睁开眼睛,发现陆晨光正坐在眼前,又看见旁边换下的宝蓝色衣裙和自己身上的衣服,突然用手紧紧地抓住胸前的被子,担心地问:"衣服……怎么回事啊?"

听到轻雨说话,陆晨光一下子俯下身去紧紧地搂住了她,只顾自己开心地笑着。

"你要做什么?"轻雨惊慌地推开他,护着自己。

"轻雨,你说话啦,你说话了啊。"陆晨光开心地叫着,不顾轻雨推开他,重新将她拥在怀里。

轻雨这才意识到自己的变化,她望着陆晨光,不敢相信地说:"我说话了?我可以说话了!"

两个人开心地抱在一起。

"轻雨,我想要听你再说一句话,对我说的话。"过了一会儿,陆晨光慢慢松开手,看着眼前的轻雨,问她。

望着陆晨光,笑意慢慢在她的脸上漾开,只是这样看着,沉默了起来。许久,她脸上的笑没有了,眼睛里却渐渐噙满了眼泪:"谢谢,谢谢老天让我遇见你。"

"谢谢,老天让你回来。"

陆晨光将她说的话分解成无以计数的细枝末节,再一点点地听到心里。他一直以为幸福滋味是在经过布置渲染的环境里精心制造出来的,而此刻,那抹萦绕在心里面的暖流正缓缓流向全身的每一处。

他无比坚定地相信那就是幸福,而且这幸福只因她才存在。

夏天的悠长下午在病房墙角的那一抹阳光里来来回回晃动,用这个季节难得的闲暇见证了这两颗心之间更坚定的承诺。

4.

打开各大网站,第一时间弹出的标题让所有人的心都提到了嗓子眼——

出位三角恋,疯狂姐弟爱!

点击便直接进入这篇关于当红艺人、贫寒孤女与传媒集团继承人的新闻猛料的界面，因为图片丰富，文字详细，它的点击量仅一个上午便超过五万次。

"罗瑞，召集网络部的人马上去会议室。"陆晨光有些愤怒地扔下鼠标，起身先去了会议室。

"我想知道为什么图片那么详细？是谁提供的？"对着在座的人，陆晨光甩下一句这样的话后，目光从他们每个人的脸上审视过去。

突然，陆晨光的手机响了，是爸爸。

"您好，我正在开会。"陆晨光小声地说，他心里很清楚爸爸为什么会在这个时候给他打电话。

"我知道，会议结束，希望你能马上给我电话，我会等的。"说完，电话那头的人便先收线了。

回到办公室，陆晨光马上将电话打到香港的家里。

"晨光，关于网站上写的事情，我现在就想听你的解释。"电话那头的爸爸十分认真的语气，让他的心又提到了嗓子眼。

"爸爸，我无话可说。"对着电话，陆晨光只说了这七个字。

"什么意思？难道网上说的都是真的？"可以想到电话那头爸爸的表情，陆晨光甚至不敢去想，只是觉得抱歉，"爸爸，对不起……"

"你给我马上回来！"爸爸生气的样子让陆晨光心里紧紧的。

"爸爸，我是很认真的。"他这次不会再听爸爸妈妈的话，其他任何事情都可以。

"你说你什么时候回来？"

"爸，我尽早……"

5.

"那是有人胡乱拍写的，根本就没有这样的事情，还请您相信。"

"请您不要相信，我们自己也在调查这件事情，事后一定会有所答复的。"

"没有，绿笙一直在攻读表演专业的研究生，对于这件事情她自己也很气愤。"

"……"

自从网络新闻事件之后，热线室的电话就响个没完没了。

"天，这应该怎么办？"

"第一次一天接这么多的电话，真是壮观呢！"

"干脆别接了，他们弄出来的绯闻事件，干吗要我们来收拾啊？！"

"依我看，这是炒作。"

因为接听电话而忙得焦头烂额的接线生望着响个不停的电话，已经束手无策。

"好啦，快接电话吧。"说完这句话后，热线室负责人拨通了总监助理室的电话,"罗瑞,热线室的电话快被打爆了,怎么办?"

"新的处理方案已经送过去了,就照方案上的做吧。"罗瑞在电话那头叮嘱着。

"哦,好的。"热线室负责人说着挂了电话。

为了平息网络新闻事件,公司决定为绿笙召开一个小型的记者招待会,被邀请的除了各大网站的记者代表,还有市内各个电视台、报刊的娱记。

公司出席人除了绿笙外,还有罗瑞。

"各位好,今天之所以召开这个小型的见面会,其原因,相信大家再清楚不过。前段时间关于晨光旗下签约艺人绿笙的网络新闻事件,有很多误会和曲解。因此,趁今天的机会向各位说明并澄清事情的真相。欢迎大家提问。"罗瑞以公司新闻发言人的身份讲完后,下面立刻骚动起来。

"绿笙你好,据说你和晨光传媒的陆晨光先生是从小一起长大的,是吗?"

"是的。"绿笙坐在那里,显得很冷静。

"是青梅竹马那一类型的吗?"

"那时候还小,不明白这些的。"

"绿笙小姐,网络上说你喜欢的人是陆晨光先生,是这样的吗?"

"他是个很优秀也很有原则的人，会成为很多年轻女孩儿的偶像。我自己也很欣赏他，但……喜欢是另外一回事。"

"那你选择男朋友的标准是什么？"

"爱情，是唯一的标准。"

"你现在已经有喜欢的人了吗？"

"我想现在大家都已经知道了，暂时还不是秘密。"绿笙笑了笑，没有直接回答，在她的内心里，她不想否认自己喜欢晨光的事实。她甚至想过，让这个世界上所有人都知道她喜欢陆晨光，她爱的人只有陆晨光。

"陆晨光先生为什么没有出席今天的招待会，他是不是在刻意回避这件事情？关于他和保育院女孩儿的事情，是否是真的？我们都想得到一个确切的答复。"

小报娱记有些咄咄逼人的架势，让罗瑞恨得咬了咬牙，但他还是很友好地站起来回答他们的提问：

"陆先生没有出席今天的招待会，是因为他临时回了香港，并不是刻意回避。至于与保育院女孩儿，相信陆先生会用自己的行动给大家一个满意的答复，至于网上所说的，在没有经过他本人确认之前，我们大家应该相信那纯属是空穴来风。"

罗瑞说完，果然有阵子没有人再说话。可突然有人站起来问他：

"有人亲眼看见陆晨光先生带着那个女孩儿出席晨光的公众活动，这又怎么解释？"

"作为一个成年人，相信我们在座的每一位都有和一位异性朋友参加公众活动的自由。"

这次，没有人再站出来问话了。

招待会很顺利地结束，使整个事件的发展有了很好的转机。

热线室内。

"大概50秒的洗发液广告，好的，我知道了，谢谢您。"

"是这样的，因为她的档期已经排到明年一月，您只能考虑一月份以后的时间了。"

"是她，哦，那这样，您先发份传真过来，我们稍后再联系您。"

"……"

热线室的电话还是响个不停，不过不再是质问网络新闻事件的电话，全都是询问绿笙的出镜意向。

"真是奇迹般的三天！"

因为网络新闻事件受到牵连的绿笙，竟成为晨光最炙手可热的广告新星。

大伙一见绿笙，都忍不住说："绿笙，如果这样还不去庆祝一下的话就说不过去啦！"

一直被缠住不放的绿笙于是说："好吧，今天晚上我请大家去酒吧庆祝，大伙辛苦啦。"

"可惜小老板不在啊。"

"怎么？你们担心我没钱买单啊。好啦，记得按时出席就是啊。"

6.

在酒吧外面的露台上,绿笙拨打了轻雨的电话。

"我们见个面吧。"有些微醉的绿笙对着电话那头说道。

"什么时候?"轻雨在电话里问。

"就现在。你在哪里?我去接你。"绿笙说着从酒吧出来,按了下楼的电梯。

"我自己去就可以。"

"那好吧,我在名汇居一楼的咖啡屋等你。"

同与自己喜欢同一个男子的女子见面,让轻雨觉得紧张,尽管对方是比自己小的儿时玩伴。

她没有打扮,简单的素色衬衣和浅蓝色棉布裤,可以想到这样的自己坐在绿笙的面前是怎样大的区别。

记得谁说女子间的区别不是漂亮或不漂亮,而是当她们走进人群之中后,是如临风鹤立般吸引目光,还是滴落大海的水珠般无形。

尽管知道是怎样的结果,轻雨还是很坦然。这种坦然来自于她对自己清醒地认识,看清楚之后,内心才会从容淡定。

"你找我有什么事情吗?"抵达约定的地方,对坐在自己对面的绿笙说着这样的话的轻雨，将自己想成了一株普通的苜蓿草。

"相信除了他，我们之间能一起谈论的话题可能不会再有。"绿笙的话语间带着凌驾于她之上的侵略意味，这让轻雨有些反感。

尽管这样，她还是语气平和地说："他怎么了？"

"你知道他为什么回香港吗？"绿笙这样问的时候，好像是在说"只有我知道他为什么回香港"。

轻雨笑笑，摇了摇头。

"如果我是你，现在就应该离开他。"她想用最简洁且最快达到效果的方式来使自己的敌人知趣地离开，但却动摇不了轻雨。

"你约我来，只是为了告诉我这些吗？"轻雨说着，准备站起来离开这里。

"小时候你黏着他不放，现在又是这样。因为你，他会一无所有的。"绿笙大声说着，让准备离开的轻雨又回到座位面前。

"你一定不知道他为什么回香港吧。轻雨姐，求你离开他吧。"绿笙的声音没有了刚才的气势，突然变得软弱起来，像在祈求轻雨。

轻雨一下子变回了邻家姐姐的角色，问她："怎么了？绿笙。"

"现在的晨光并不是以前的小泽了。叔叔说如果晨光选择继续和你在一起的话，就等于放弃晨光传媒继承人的资格。晨光他将会一无所有，轻雨姐，你难道希望他变成那样吗？"

"晨光他……从来没有提起过。"因为担心，轻雨一下子变得忧心忡忡。

"如果你真的爱他,会自私到让他变得一无所有吗?那样,你和他在一起又有什么意思?他能真正幸福快乐吗?"见轻雨犹豫的样子,绿笙的心里有了一丝胜利的希望。

"你为什么要对我说这些?"

"他去香港并没有告诉你,对吧。最近网上关于他的新闻事件相信你也毫不知情吧,如果你觉得你们是正在交往的恋人,不会连这些事情也不能为他分担吧?而事实是,他因为你,必须独自去承担一切……"

"你别说了……"绿笙的话让轻雨看到一个什么也不能做的自己,只会一味从他那里索取的自己。

感情,原本就是一场复杂的交换吧。

心与心的交换,家庭与家庭的交换,相关社会范畴的最大能量置换……

而自己呢?

轻雨想着,觉得一切又重新失去方向。她忍不住往来时路上回望着,也许,没有相遇的以前会更好一些吧。

7.

"晨光,是我。"

绿笙的话让轻雨对笃定的感情开始觉得迷惘。没有其他重要的事情，只是想知道自己内心的感受是不是应该确定下来，出于一种试探的目的，她才拨打了陆晨光的电话。

"轻雨，你还没睡吗？"

他的声音急促，好像在忙着什么的时候突然被打扰到了。

"没有，你呢？"

无法掩饰的小心翼翼不知道他是否察觉。轻雨知道自己的期待，希望从他的话语里得到某种信息或者是力量，好让她能彻底断了自己三心二意念头的那些话。

"和大学同学在一起喝酒呢。"

话语里有些敷衍的意味，因为距离而模糊起来的犹豫，让轻雨的心微微往下沉了沉。她听到他身边有人在说话——

谁这个时候打电话来，有人查岗了吧。

喝你的酒吧。

"你什么时候回来？"

如果是明天，也许一切就会过去了吧。可是，他的话在此时此刻是那么仓促，让她觉得一切好像都在迫不及待地等待结束——

"还不好说，等忙完这边的事情我再给你打电话吧。"

"会很久吗？"

这样的话，是她所做的最大限度的坚持。可是，他对自己的回应却没有多想什么，很快做了结束。

"我也不知道。这里太吵了听不清楚，我先挂了啊。"

就这样，很快一切都趋于平静，除了终止的信号发出令人窒息的忙音。

那些危险的不确定最终战胜了她的软弱情感。

游戏里被预先罗列出来的障碍物提示，往往是勇敢者更快取得胜利的帮手，可也吓到不少那些没有把握的人，让他们早早就放弃。

绿笙的话放大了轻雨心里的障碍。

她将小房子里的灯关了，四周一片黑暗。

月光、星星、路灯、霓虹，都无法抵达这里。

感觉身体慢慢在湿冷的海面漂浮着，渐渐地被淹没，然后下沉。突然，海底亮了起来，她看见透着蓝色光的项链从头顶沉下来，她伸手想将它拽在手中，它却像长了翅膀一样迅速移动起来，向海面飞升。

光亮逐渐消失，她被永远留在了海底。

8.

"考虑到他的年龄以及身体极为虚弱的情况，医院的建议还是先让他调养一段时间，再根据他的身体恢复情况决定手术的具体日期。还有就是手术费用，在调养的这段时间你可以先准备……"

李医生拿着病历本,一边看一边向轻雨解释着。
"谢谢你,李医生。"
轻雨的情绪明显有些低落。
"没什么,你去病房看看他吧,他应该醒了。"
"谢谢。"
轻雨离开医生办公室,回到病房后,在病床前坐了下来。床上的老人醒着,他有些吃力地用手撑着床,想要坐起来。
她连忙起身去扶了扶他。
"我想回福利院。"老人说着,用怜惜而又痛苦的眼神望着轻雨。
"医生说您现在需要住院休养,这样身体才会好起来。"
轻雨说着宽慰爸爸的话,心里却无法真的释然。
"我知道自己几斤几两,我不做手术的。"老人别过头去不看轻雨的脸。
"爸,您别这样,手术会让您好起来的。"
像劝慰孩子一样,轻雨对病床上的老人说着温暖的话。
"找你们娘俩时一直没有消息,现在见面了,却是这个样子……早知道还不如不碰到……"
看到轻雨现在的样子,老人后悔不已,可是世间事都不会按照人们最初的想法变化,也没有回头路可走。
"爸,别再说了,医生说您要多休息。"
"我对不起你们娘俩,这么多年……你妈妈她走后,就你一个人……"

自责让老人家的情况更加糟糕。

"爸，我很好。"

她想起这段时间守在病房前面的陆晨光，想到总是躲在李医生办公室看着他的自己，声音越来越小。

"我知道，我的女儿心眼好，在外面总会有那些好心人帮的。"

"爸，您躺一会儿，我下去买些吃的。"

因为怕爸爸担心，不愿意让他看见自己难过的样子，轻雨说着低头离开了病房。

医院的走廊上很安静，她下楼后沿着街道漫无目的地走着，又想起了陆晨光。

他在做什么？那个傻瓜还往保育院跑吗？每天在医院的走廊上守那么长时间，还要回去上班，他一定很累吧。

中午，他还是老吃那个一成不变的卤肉套餐吗？

关于他的种种将轻雨的脑子里塞得满满的，她无法再去想任何事情，像寻找自己尾巴的那只白猫，无助而恐慌地旋转，再也停不下来。

前面便利店的灯光将半条街照得通明透亮，轻雨舒口气好不容易让自己松懈下来，慢慢走过去，进到里面。

选了几个不同牌子的方便面和饼干，在旁边的粥铺替爸爸端了一碗粥，轻雨抱着食物袋往返回医院的方向走。

她辞去保育院的工作，为的是可以全心全意照顾父亲。尽管他丢开妈妈和自己与别的女人结婚,尽管她9岁之后就再也没有见过他,可他始终是自己的父亲。

他现在必须面对自己凄惨的暮年。

想到这里,轻雨觉得释然许多。

当她想到巨额的医疗费用时,舒展一些的眉头又重新锁了起来,她这样想着朝马路对面的医院走去。

从医院开出来的汽车差点儿撞到她。

她在原地定了定神,继续往前面走。

"你没事吧。"见轻雨低头从汽车前面走过去,李医生觉得她情绪不是很好,便从车里面出来。

"没事。我替爸爸去端些热粥。"

轻雨说着,提了提手里的粥盒给李医生看,才发现装着方便面和饼干的塑料袋落在了粥铺。

她叹了口气,身心疲惫地回到病房。

看着轻雨瘦弱的身影消失在医院门口,还站在原地的李医生深深叹了口气,

9.

从香港回来的陆晨光,放下东西后的第一件事情就是去保育院找轻雨。

"辞职？一个月前？"陆晨光说着，用惊讶的眼神望着院长。

"你们两个人到底怎么了？这个是她和辞职信一起放在这里的，说是不在这里工作便不再需要它，让我交还给你。"院长说着，将那部小巧的手机递到陆晨光面前。

礼物仍然躺在他的口袋里，正等着带给她完美的 supprise，此刻的寥落感觉似乎在告诫它已经不再需要了。

陆晨光站在院长办公室里，望着桌上的小手机，过了好久才能感觉脚下的重量，他迈开步子朝门外走去。

院长在后面担心地问他："傻小子，你没事吧？"

我有事，我有事，有事……

陆晨光在自己的心里大声地狂喊着。可轻雨此刻听不到这个声音，突然改变的事实残酷地敲打着他，那些不好的预感，感觉要失去她的惊恐捆束着他的所有念头……

她看不到这样的自己，让他心灰意冷了起来。

他回了一趟香港，轻雨就像人间蒸发了一样。

时间一连过去了三天，他还是没有找到她。

"护士，这个病房的病人家属今天来了吗？"陆晨光一有时间便守在病房前的走廊上，问进出这个病房的护士。

"没有。"

护士端着盘子走过他面前，丢下一句话后又将门关上了。

"你知道她什么时候会来吗？"

护士出来的时候,他又问。

"不知道。"护士没有理会他,头也不回地走了。

即使他一直固执地等着,她都没有出现。那双暗自躲藏在李医生办公室里的眼睛默默看着这些,却不愿意出来见他。

每次,直到他怅然而疲惫地离去,轻雨才从办公室里出来。望着他离开大厅的背影,她多想大声地叫住他,甚至无数次想象他回头望过来的神情,内心禁不住的欢欣,却在幻想的泡沫破灭后,变成长久的哀伤。

日子在这样的反复中缓慢地流走,将已经失去无法重来的记忆深深地镶进她的脑海。关于儿时回忆,关于重逢,关于相处,关于背离,关于苏泽与陆晨光这两个名字的一切。

10.

一楼大厅已经被布置成绿笙新广告片发布会的现场,罗瑞带着大家前前后后正在忙个不停。

为了配合衣纺主题的广告效果,绿笙穿着一件风格复古的裙装。她一亮相,便成为聚光灯闪烁的焦点。夺人眼球的饰物绝妙地起到了画龙点睛的效果,它在现场赚足了镜头。

陆晨光从电梯里出来,穿过现场后援会的人群,往大门走去,远远地别过眼朝这场发布会的主角看过去。

突然，他站在原地，看到了绿笙颈上的项链。

那一瞬间，陆晨光觉得能够将他和轻雨联系在一起的某种介质被彻底毁去了。那些隐藏在心里对彼此的需要，那些延续着原本要让它迈入永恒的寄托，好像都在这一刻在他的眼前轰然倒塌。

轻雨怎么会？

为什么？

他不知道自己做了什么。

陆晨光冲进人群，将绿笙一口气拖到楼道通风口时，所有的人都吓呆了，只有罗瑞跟在他后面，祈祷着千万别出事。

"她在哪里？你到底都对她做了些什么？"

他的身体里面因为被早早地安放了一枚定时炸弹，连日来的呼吸都在一种随时都可能引爆的状态下度过。此刻的陆晨光，早有了和眼前这个女人同归于尽的念头。

"你在说谁？"

绿笙平静得让人难以置信，她边整理身上被弄乱的裙装，边抬头问陆晨光。

"你到底要怎么样？为什么你要一次次去找轻雨？"失去耐心的陆晨光也会变得和平时不一样。

"是的。我要警告她，休想再夺去属于我的东西。如果我得不到，她也休想得到！"

绿笙的声音刺耳地震动着陆晨光的耳膜。想到轻雨，陆晨光心里所产生的不安全部变成对眼前这个女人的愤怒，他将她逼到墙角,对她低声吼了出来:"绿笙,我警告你,如果轻雨有什么的话……你自己最好多祈祷。"

跟在后面赶过来的罗瑞推开门,一把将陆晨光拉开,说:"晨光,发布会就要开始了,有什么事等发布会结束了再说。"然后又回头对靠在墙角的绿笙说,"你整理一下,快出来吧。"

罗瑞将陆晨光拉回大厅后,绿笙在楼道内慢慢蹲了下去。过了一会儿,楼道里传出隐隐的哭声。

11.

为了方便照顾爸爸,轻雨在医院后面的民陆区老公寓租了间房,因为是顶楼的夹层,冬天冷夏天热,讨价还价将房租压到了450块。搬家这天,轻雨感慨地对替她将物品一件件搬到顶楼的李医生说:"你带车提供全套优质服务,怎么办?我只能请你吃大排档。"

"真巧,我正想吃大排档。"

"那咱们走吧,李师傅。"轻雨笑着,在李医生身边的副驾驶座位上坐下。

晚风携带着江水的凉爽铺面而来,轻雨伸出手懒洋洋地扒在车窗边,享受着这一刻的惬意。李医生边开车边看看轻雨,想跟她说话又怕打扰她,只是亲切地笑笑。

滨江的夜市开放到很晚，轻雨和李医生去时，正是最热闹的时候。

鱼丸子打卤面、青壳煲、素仁虾酱、大刘丝娃娃……

轻雨叫了这些平时自己喜欢的东西，和李医生坐在能够看得见对岸景色的渔篷船上，有一句没一句地说着话。

"轻雨，你爸爸他……好像很反对做手术。"

"这二十多年里，我们一起相处的时间不超过三年，9岁之后我们都没有见过面。现在的情况对他来说，太突然了吧。"轻雨喝了一口手里的冰镇凉茶，很感慨地说着。

"应该好好劝劝他，只要他积极配合，其实还是蛮乐观的。"

"我会的。"轻雨所担心的其实是大笔的医疗费用，如果有捷径，只要能让目前的状况不这么窘迫，她愿意为了爸爸去尝试。

看出她心事的李医生轻轻叹了口气，对她说："我这段时间在向医院争取，如果能够在医疗费用方面帮到你就好了。"

"谢谢你，你已经做得够多的了。"轻雨看了李医生一眼，又望向江面。

对岸的辉煌灯火无一遗漏地在江上留下晶莹闪耀的倒影，折射人世间充满虚无与幻灭的无奈。也许，年轻时与人谈论死亡与年老时面临死亡的不同，是心境的迁异。又比如玩手机里的障碍赛车游戏一样，有准备的躲避会选择及时跳跃，而对突然出现在眼前的危险，总是有随时毁灭的危险。

轻雨觉得，爸爸和自己现在就都属于后者。

"对了,你已经搬了出来,以后就不会回保育院那边住了吧。"

李医生的话将轻雨从自己的世界里拉了回来,她将空了的饮料罐放回桌上,向老板再要了一罐。

"不会了。等会儿回去再收拾一下,今天晚上就可以睡那儿。"

她清楚地记得自己小时候十分惧怕独自一人在一个房间里,虽然喜欢独自玩耍,却要确定身边能够看到熟悉的人。

现在,许多不得不独自承担的事情接连发生了,在她毫无准备的时候来个措手不及。

"那我送你回去吧,等下怕你收拾到太晚会休息不好。"

听李医生说这样的话,她便知道这是一个用心于身边的一盆花、一缸鱼、几株亲手栽种的树木的人。她甚至知道他定会有一到周末就回父母亲身边陪伴他们的习惯,拥有自己对待事物的标准,认真谨慎少语,是个成熟稳重却葆有童真的男子。

这样的人,无论出自友情还是爱情都是值得托付的。

轻雨突然转过头来,对李医生说:"李医生,有件事情想拜托你。"

12.

最好的疗伤方法是让自己变得漠然。

轻雨这几天总在做梦,梦见自己清晨在一间空无一物的大房间里打扫，晨光从门口经过的时候轻轻推开门往里面张望。当她放下手里的东西跑到门口时，他便不见了。

还有梦见坐在教室里上课的情形。她和晨光同坐最前排，中间隔了两个座位，老师还在讲台上讲课，晨光冲出教室，在门外叫着她的名字。她跟着出去，跟在他身后跑，经过池塘的时候，她头上的布花掉进了池塘，晨光想也没想便跳了下去，湖面却像什么也没发生一样，平静得像一面镜子。

她醒来的时候，心里总是担心着，再也睡不着了。

于是，轻雨觉得是时候打电话给他了。

陆晨光的手机响起来时，他正在陪观摩团的人吃饭。

"你有时间吗？我有事想和你说。"轻雨在电话里没有叫他的名字，语气已经变得冷漠了。

"轻雨，你在哪里？你到哪里去了？"

在餐桌上突然大声地说话的陆晨光，让大家面面相觑起来。

"我在我们以前经常去吃饭的地方，你过来吧。"

"你别离开，我就到了。"

陆晨光挂下电话便离开了饭局，将观摩团的人全丢给了罗瑞。

陆晨光带着礼物和鲜花来到 Abbracciamento，当他看到她在窗边的背影时，终于松口气，如梦初醒般幸福地笑了。

可当他慢慢走近轻雨坐着的地方，眼前的画面却将他重新打回原来的样子。

轻雨对面坐着一个衣着整洁的年轻男子。

看见陆晨光走过来,年轻男子提出去邻座坐一下的建议,便将单独的空间交给了陆晨光和轻雨。

陆晨光拿着手中的花想象着他们眼中狼狈的自己。

"送给你的。"

说这句话时,他的眼泪甚至差点儿出来。用男人的自尊将即将滴落的泪水吞咽回去后,他故作洒脱地将花放在她面前的桌上后,在轻雨对面的位置坐了下来。

"谢谢。"轻雨客气地回应时,目光透过陆晨光的身影看了看邻座上的人,神情忐忑。

"院长说你辞职了,为什么?"

"我来,是想和你说清楚的。"几乎不给他一点儿时间去孕育重归于好的希望,她直接将话题引到连陆晨光想都不敢去想的地方。

"你离开了保育院,那现在住什么地方?"陆晨光问。

"我们分手吧。"像准备了很久,只等着在他面前一吐为快一样,她的表情木然,望着眼前的恋人。

"什么?"他没来得及回神过来,愣在座位上,一时不知如何是好。

"我说……我们分手吧。"尽管要强忍着内心的痛楚,她又重复了一遍。

"……"

"你难道没有听见吗?我在说我们分手的事。"激动的情绪让她的声音有些沙哑。

"轻雨,我不在的时候发生什么事情了?"他不愿意相信自己听到的话,追问着,想确定是弄错了才会这样。

"是的,发生了很多事情,我要结婚了。"她的声音冷漠到连自己都觉得陌生。

"结婚?"如闷雷般,在他的脑海中轰然裂开。他好像看到身上裂开了巨大的伤口,却无法感到疼痛。

"是的。"她那么冷酷,在陆晨光面前了断了所有希望。

"和谁结婚?"他问她。

"你好,陆先生,我叫李民毅,轻雨的未婚夫。"邻座的李医生走过来,礼貌地自我介绍之后,在轻雨身边坐下来。

"轻雨,这是为什么?你告诉我这到底是为什么?"他想知道答案,那隐藏在事实里面的答案。

"因为我觉得和你在一起很辛苦,很累,不快乐,所以,早就该结束了。"她大声对他喊着,用尽了力气,自己却听不见。

"这不是真的,你骗我。"陆晨光的声音小到只有自己听到,他试图站起来,因为没有力气,最终还是坐了回去。

"我没骗你。陆晨光,你听好了,薛轻雨不喜欢和你在一起,你孩子气,自大,只知道用钱去解决问题。我……早就厌倦了。"轻雨说着站了起来,她和李医生离开了座位,头也不回地走出 Abbracciamento。

Abbracciamento，像个秘密的魔咒般，还没有亮出它告白者的身份，却意外地见证残酷地离弃。

陆晨光冷冷地笑着，望着这个如同笑话一般的累赘，心偷偷地流泪。

13.

陆晨光决定早晨不再去跑步了，因为以前好几次在晨跑的时候碰到轻雨。

他认为晨跑是与遇见轻雨相关的一件事，所以，避开跑步就可以避开想要遇见她的念头。

坐在办公室里看文件，突然觉得轻雨正在胜昌门广场教孩子们画画，或是正和晒太阳的老人说话，经不住内心这些笃定的诱惑一般，他竟鬼使神差般放下手头的事情开车去了胜昌门。就好像轻雨真的一直在那里等他，而且等待很久了似的。他到那里一看，却总找不到她的身影。

这样莫名其妙的举动，让他又一再回想起自己和她在一起的时间都是怎么度过的。

所以，他也不再去胜昌门广场，那里的每一个角落似乎都藏着她的影子。

每次不小心将车开往那条路却总得提醒自己别去的时候，却又无法逃避开地想起了她。

因为曾经和轻雨坐过一次公车车的陆晨光，突然决定坐一次公车车回家，站在那些摇晃的人群里，竟觉得轻雨就在身边的某个角落望着自己。

他在还没到家的公交站提前下了车，独自一人走在回家的路上，将与自己擦肩而过的恋人们都想象成了他和轻雨的样子。

即使工作到很累回到家，也有种守着漫长时间的感觉。

陆晨光将冬季才穿的衣服在夏季就送去洗衣店，等洗衣店打好几次电话后才知道要去取；

买回千味面后仔细阅读说明书再动手将它做好，自己却毫无胃口。

……

她就这样在陆晨光的脑海里日日夜夜地浮浮沉沉。

床头的"骑马张飞"累了，躺进抽屉。他将抽屉里的元宝色锦盒拿出来放在床上，打开盒子，取出里面的那对星月镯，放在手里慢慢端详——

"晨光，爸妈不为难你，只要是你喜欢的女孩儿，我们都会答应。你爸爸他说他相信儿子的眼光。"晨光爸爸坐在客厅的沙发看报纸，晨光妈妈正监督儿子喝参汤。

"当然，他这点的确很像我。"晨光爸爸放下报纸说了一句，将面前的汤端在了手上。

"是啊,要不然怎么会找到这么好的妈妈?"陆晨光看着爸爸笑着说。

"好了,别贫啦。这个拿好,到时记得带过去。"晨光妈妈说着,将手里的元宝色锦盒交到晨光手中。

"是什么?"拿着锦盒,一脸好奇的陆晨光问妈妈。

"是外婆留给你妈妈的星月镯,你妈妈说要给将来的儿媳妇。"晨光爸爸帮晨光妈妈说道。

"儿子,只要是你喜欢的人,记得将星月镯送给她。还有啊,有空带她回来看我们。"晨光妈妈补充。

"妈妈,那爸爸为什么还那么生气叫我回……"一头雾水的陆晨光问身边的妈妈。

"不那样的话,你会回来得这么快吗?"晨光妈妈笑着说。

"哎呀,你们真吓我一跳。"如释重负的陆晨光笑着倒在沙发上。

"哈哈,看看你的这个傻小子……"

想到轻雨脸上决绝的表情,他的心都碎了。

14.

因为回香港而耽误的许多工作将他的身体占据了,可内心却越来越觉得空。

陆晨光从家里拿了一些简单的衣服后,住进了办公室。

带着保育院的孩子们去游乐场,他才发现虽然只是少了一个人的身影,却像自己粗心丢失了整个世界一样。当大家都在活动区里找乐,欢闹着这整整一个下午的时光,陆晨光却躲进附近的树林。

为什么要经历分离呢?

站在蜿蜒向上的石阶中间抬起头来,一阵风刚好吹过,沙沙沙的声音让他觉得这静谧的黄昏因为没有轻雨而变得残酷极了。人的身影在山林里被拉长,漫无边际的想念让时间更加漫长。

"走吧,要回去了。"绿笙不知什么时候出现在他身后,提醒他回去的时间快到了。

"绿笙,你了解我吗?"陆晨光坐在石阶上,俯视着绿笙,很认真地问她。

"当然。"绿笙说着,慢慢地沿着石阶向上攀爬而渐渐接近他,陆晨光声线里流露出的哀伤让此刻的他成了另一个人,成为一个绿笙觉得不会再拒绝自己的人。因为哀伤而变得温存。

"你说,她现在……在做什么?"

绿笙的脚步在他说出这句话的瞬间便停在了那里,没有再向上迈。她突然觉得,无论自己再怎么处心积虑地接近,他都那么遥不可及。从小到大,他只注视那一个人。

她知道自己总怀着与他如恋人般一起穿越薄荷色草海的愿望

破灭了，她也知道自己绝不可能在大雨天等来他撑的伞，而黄昏永远也成不了少年时的琥珀色，他甚至永远也不会在意自己化没化妆的模样。

明白这些的绿笙深深地叹了一口气，说："她不会有事的。"

"你说，她现在会住在什么地方？"

"李医生工作的医院后面，她好像租了旧公寓顶层的房间。"

绿笙很流利地说出轻雨的住址，让陆晨光十分意外，他问站在那里一动不动的绿笙："你和她……一直有联系？"

绿笙冷冷地笑了一下，说："对彼此知根知底的只有两种人：一种是把对方当最亲近的人的朋友，另一种就是将对方视为敌人的对手。"她说完，转身走下台阶，往活动区走去。

夜幕降临的时候，他坐在通往旧公寓路口边的台阶上。

从 17 点等到 22 点。

当他困倦得靠着墙壁快要进入梦乡的时候，强烈的白色光线一扫而过。突然惊醒过来的陆晨光看见轻雨从一辆深色 JEEP 上下来，她向车内的人挥了挥手后转身进了旧公寓。

深色 JEEP 从他的视线中离开，他又见到了那日衣着整洁的年轻男子。

顶楼的昏黄灯光在陆晨光的注视下亮了，他站在原地仰头望着，恍恍惚惚地看见自己的小时候，轻雨在那个小世界里深深刻下的身影。

他终于明白内心的那个世界就好比宽广无边的大海，时而澎湃激涌，时而深沉静默。因为她，自己已化成投身入海的水滴，再也没有回头路。

★ 星星失去了自己的名字

第七章
而我永远失去了你

/

躲开续写的幻想
躲开记忆往事的隐秘小径
躲开你

XINGXING
SHIQULEZIJIDEMINGZI

1.

"如果自己真的很难过,为什么不告诉他真相?"

李医生和轻雨在医院的食堂对坐着吃午餐,见一天比一天消瘦的轻雨依然是毫无食欲的样子,不免担心起来。

"我没事。"

尽管竭尽全力地将那些可能会伤害到自己的东西全都推开了,可还是受到伤害的轻雨,总是在对自己说"我没事",对李医生说,也对爸爸这样说。

独自面对自己的时候,她却又忍不住要问:为什么这么痛?为什么还没好?为什么不能忘?

"我不明白你为什么要骗他,看他的样子那么在乎你,你那么做对他是伤害,你不明白吗?"

回忆起自己与轻雨一起在Abbracciamento见陆晨光的事情,李医生有些愤愤难平。

"……"

她只顾用汤匙在面前的碗里舀着,不说话。

"轻雨,你再好好想想,接受他吧。"李医生劝慰着情绪低落的轻雨。

"如果他选择跟我在一起,就意味着选择放弃其他的一切,他的家人,还有事业……我爱他,我不能那么自私。我不要他为了我成为一无所有的人。"

如果陆晨光因为选择和薛轻雨在一起而失去这个名字所包含的一切,她会觉得自己是罪人。离开他却依然守护着爱他的一颗心,这好像成为一种诱惑,让她一步步离开他,沉默下来。

看着这样的轻雨,李医生所能做的只是像一个朋友那样的宽慰。

轻雨每天都陪着爸爸,直到看他睡着了,才回住处。

李医生当班的时候,他总是顺路将轻雨送到回去的分岔口。

从车上下来走回去仅仅只是30米的距离,轻雨每天都要走很久。她把每一步都当作是在与心里的陆晨光告别,每迈出一步就像剪去一段回忆。

直到真正的遗忘来临之前,她会将所有与他有关的记忆完完全全地在自己的脑海中刻好。尽管她再也不能去牵那双手。

这样想着的轻雨,已经站在了旧公寓楼下的铁门前。

路灯的阴影下,门口斜斜地靠着一个人,一股浓烈的酒味扑面而来。她慢慢绕过那个人的身边,准备进门。

"轻雨……你回来了。"

带着醉意的声音叫着她的名字。轻雨回头望过去,看见陆晨光正抬头望着自己。

她停了停,没有理会他,转身继续往里走。

"为什么要和那个人结婚?"他挣扎着侧身起来抓住她的手。

"你喝多了，快回去吧。"

用力挣脱他温热的手掌后，轻雨在挨近围墙的地方站定，看着他的目光像锋利的刀刺入他的肌肤。然而这样的坚持没持续多久，却像瞬间用光了所有的力气一样，她的身体倚着围墙，无助地慢慢向后靠了过去。

绿仙萝扬着密密麻麻的花骨朵，从她背后的山墙上垂挂下来。微甜的夏日香气就这样弥散开，因为心里的伤块，眼泪顺着她的眼角慢慢滚落到唇边。

她不愿意让自己的爱成为束缚他的绳索，不愿意这样的自己成为他的绊脚石，如果选择离开他可以让他在自己的领空自由自在地飞，她愿意独自守护这样的爱，这是她认真想过后的决定。

"为什么要和那个人结婚？"

陆晨光从地上爬起来，突然冲到轻雨面前，抓住她的双肩后，像个任性的孩子似的对她大声吼叫。

轻雨沉默着任他摇晃着，靠着山墙的身体软弱到随时会瘫下去似的。

望着面前的轻雨不再说一句话的样子，他的双手渐渐松开慢慢在身体两边垂下来。

"你真的……爱……他吗？"

犹豫了很久终于从陆晨光口中说出来的那个字，背负着他从小孩儿变成大人后对眼前这个女子的所有情感。他小心翼翼地收好，是为了能在某一天向她许诺维系一生的誓言。

然而现在，他觉得它无论怎么表达都与陆晨光这个名字不再有关系。

"他对我很好，和他相处……让我觉得很安心。"

"那我呢？以前的我算什么？"他激动起来，伸出去准备抓住她质问的手在半空中犹豫了一会儿，又无力地回到原来的地方。

"晨光，我们两个……并不合适。"她慢慢抬起头来，直视那双眼睛。

"什么是不合适？怎样才算是合适？我们自己觉得好就行啊。"无助架空了他的思维，在感情的世界里，他也成了迷失的伤鹿。

"可我觉得不好！"她不再理会他，兀自往公寓的楼道走去。

"你到底怎么了，怎么了啊？你不是这样的，不是……"

他转身突然从后面紧紧抱住了轻雨。

他的手臂让人想到海湾两边伸出的长长岬角，让宽阔的胸膛成了湖的样子。风平浪静的一瞬间，竟让轻雨有些贪恋起来。

可也仅仅只是那一瞬间。他说的每个字落进轻雨的心里，都会让她觉得心脏某个部位产生的剧烈痛感。这样的感受不能说出来，只能用力挣脱后逃开得远远的。

楼道里没有灯，怕黑的轻雨像从未惧怕过黑的人一样一口气爬到了顶层。站在围栏边的轻雨忍不住向下看。

他还站在那里，背影那么倔强地等在那里，不愿离开。

2.

　　滑翔指导技师帮陆晨光检查完装备，对着他做了"OK"的手势后，那只巨大机翼便载着他离开了地面。如果不施加任何外力，它会朝一个你无法预知的方向慢慢滑行，另一处地平线在等待它降落。
　　失重感刺激着他的心跳。
　　如果一直这样飘浮永不结束，如果飞行的翅膀将他带离这个世界，如果它真的遵循某种力量的指引，如果……
　　临近黄昏的天空被云霭的色彩柔和地充满，陆晨光幻想自己就是航行的舰船，正掠过尘世的大海。旧公寓楼下轻雨冷漠背离时的神情占据着他的整个思维，来自胸口的剧烈压迫感瞬间波及全身的每个神经末梢，因为全身乏力，他的手渐渐离开了滑行控制杆。
　　她生气瞪眼的样子，她回头冲他笑着的样子，她极力掩饰伤心的泪眼，全在他的眼前。他甚至幻想着，如果飘落的终点可以是没与她分离的从前，他愿意用所有的东西去交换。
　　低下头，视野里的城市没有了往常的喧嚣，像被冷落的一张画纸贴在地上。只有渐渐沉落的太阳才知道，叫陆晨光的男子在这个没有人打扰的地方失声哭出来的样子。
　　巨型机翼因为失去控制，偏离了所预定的滑行轨迹，受风的影响的滑翔机先是在空中盘旋了几圈,最终跟跟跄跄地跌落在山谷里的河滩上。

夕阳落下去,夜色慢慢笼罩山谷,直到黑暗吞噬一切。

当他睁开眼睛,他发现自己的手臂被纱布包扎过了。

床头的加湿器喷射出的白色水雾渐渐在房间里晕开,大捧浅色桔梗躺在视线里的桌上,被拉拢过来的淡蓝色窗帘将日光拦在了外面,幽蓝的光穿过布的纹理,洒在他的身上。

绿笙推门进来,看见已经醒来的陆晨光,一手将煲堡屋买来的甜汤放在桌上,一手抱着怀里的玻璃花瓶进了卫生间。

他听到里面传出哗哗的水声。

"醒了,饿了吧。"

绿笙边说着边从卫生间出来,将桌上的桔梗插进洗干净的玻璃花瓶内。

她走过来,伸手准备用手里的毛巾来替他擦脸。

他别过脸躲开了她的手。绿笙尴尬地笑笑,便将手里的毛巾塞到了陆晨光的手中。

陆晨光记得自己周日下午去了山上,他驾驶着滑翔机离开了山顶的情形,脑海里反反复复重叠着轻雨的样子。

"喝点这个吧。"

绿笙将纸杯里的甜汤送到陆晨光面前。

他对绿笙的话无动于衷,绿笙只好在他跟前坐下来,将汤匙舀了汤水送去他的嘴边。

"拿过来吧。"

他伸手接过绿笙手中的甜汤喝了一口后,放回桌上。

输液瓶里还有半瓶液体,陆晨光将手上的针一把拔了出来,去换上自己的衣服,一副准备离开病房的样子。

绿笙见他这样,着急地问:"你要做什么?"

"回去,我不想待在这里。"陆晨光说着往走廊上走去。

"你疯了?正在打针呢。"绿笙说着跟在陆晨光后面追出了病房。

酒吧是夜色中最华丽的梦境,近似呢喃的黑人男子在这个精致奢侈的盒子里絮念着某段隐秘流传的故事。

他带着尚未痊愈的伤,融入这满池的喧哗与热烈。

"老板,你的样子真有个性啊。"看见他缠着绷带的手臂,过来搭讪的女人调侃着。

"不知道是哪个女人这么幸福呢!"女人说着将头蹭进陆晨光怀里,伸手夺过他已经送至嘴边的酒杯,自己轻轻吮吸了一口。

将这一切都看在眼里的绿笙,走到陆晨光和那个女人中间,一只手抢过女人手里的酒杯扔回桌上,一只手拽住陆晨光就往酒吧外面拖。

"你要干什么?"

陆晨光像无法回头的牛一般,赖在酒吧里面。

"送你回去。"

"我不回去!"陆晨光转身对绿笙狠狠说道。

"听到没有,他说他不想回去。"旁边的女人见势插了进来,拦在了陆晨光与绿笙之间。

绿笙的手只好松下来,陆晨光挣脱开后,和那个女人转身走到一张桌边。

望着眼前的陆晨光,绿笙无法将他与以前那个吸引着自己的人相比,她无奈地叹了口气,转身准备离开。

陆晨光抬眼看见绿笙离开的背影已经走近酒吧门口,他放下手里的酒杯,沉默起来。

已经离开走到电梯门口的绿笙又折了回来,她重新出现在陆晨光的座位旁边时,不由分说地端起陆晨光前面满满的一杯酒用力泼向他的脸。

然后再转身离开。

陆晨光抬起自己这张满是酒水的脸,怔怔地望着绿笙的背影。

他站起身来,跟在绿笙后面离开了酒吧。

他被绿笙送回了住所。

打开门,绿笙扶着笨重的陆晨光在沙发上坐好,自己便忙开了。

将方便面盒与啤酒罐扔进垃圾桶,将脏衣服全部塞进洗衣机滚筒,擦玻璃台面,将报纸和杂志收齐摞好,重新铺好床……

"谁让你收拾了?"没好气的陆晨光望着忙碌的绿笙,将她倒好的茶用力摔碎在面前的地毯上。

"你想把自己折腾成什么样子啊?"

绿笙生气而心疼地望着自己所爱的男子,不知怎么做才能让他内心能舒服一点儿。

"走吧,走!都走啊。"

如受伤的公牛般,失控地想要破坏眼前的一切,陆晨光叫嚣着,无力地摔在了沙发上。

"你别这样。"

绿笙安慰着他。除了让他再回轻雨的身边,她愿意为他做任何事。

"滚啊,滚吧。"接近歇斯底里的陆晨光这次甩出去的不是茶水杯,而是玻璃几上的小型笔记本电脑。

绿笙拿好自己的物品,冲出门去。

门关了的声音从客厅传过来。陆晨光用力撑住自己的身体站起,离开了住处。

3.

这是山墙上的绿仙萝见他来过之后的第七个晚上,陆晨光又一次出现在旧公寓门口,手上的白色绷带在夜晚的路灯下,尤其明显。

他靠着山墙边站着,时不时看看那条灯影摇曳的老巷。

轻雨有些疲惫的身影出现在巷子的另一头时，已经是晚上十点以后。她和往常一样在路口下车，和车里的李医生道别之后再慢慢往这边走。轻雨没走几步，李医生却从后面跑着跟了上来。

"李医生，有事吗？"她转身问他。

"每次都只送你到路口，今天还早，想陪你再走一会儿。"

李医生望着脚下的路，说着无关紧要的话。

"是不是有什么事？"一旁的轻雨察觉出什么似的，追问起来。

"唔……没有。"一时不知说什么才好的李医生，竟语塞起来。

"是不是我爸爸的手术……"轻雨只好自己猜测起来。

"啊，不是不是，他恢复得很好，你别担心。"

李医生连忙解释道。

"爸爸的病，真是麻烦你了。"入院以来，这是轻雨一直想对李医生说的话。

"别忘了，我是医生，那些都是我的职责。"

"那也得谢谢你。要不是你，医院又怎么能让我们继续待下去。"

"别那么说，我个人也帮不上什么忙。"

两个人沉默了好一会儿。

绿仙萝从路口沿着山墙一路垂挂进去，脚步声零零落落此起彼伏地在夜里响着。浅色衬衣与深色西裤的搭配透露着李医生的温和性情，牛仔裤与T恤是轻雨的随性与率真，两个肩膀始终保持着 10 厘米的距离望轻雨的住处走着。

好像比往常更快似的，就要走到公寓门口。

见轻雨和李医生越来越近，山墙下的陆晨光便站到了墙角。

月光和路灯留下的阴影严严实实地掩护住了他，他能清楚地听到两个人说话。

"我到了。"

她今天的声音听起来显得那么温和。

"唔。"

李医生含糊地应着，似乎还有话没有说，却又不知怎么开口。

"晚安，明天见。"

轻雨说着，向李医生摆了摆手后，往楼道的方向快走几步。

"明天……见。"看着轻雨的身影穿过铁门，因为惯性，门"哐"的一声自己关上了。李医生像想起什么来似的叫了一声，"轻雨……"

听到李医生叫自己，轻雨连忙又跑了回来，隔着铁门问铁门外的人："嗯？"

"哦，没什么……我是说……上楼小心点。"

轻雨突然一笑，说："李医生你今天好奇怪。那，你开车也要小心，我上去了。"

"嗯。"李医生笑着对铁门内的轻雨点点头。

在门前站了一会儿，李医生才转身朝路口走去。

陆晨光从山墙角落月光的阴影下面走了出来，站在空无一人的路上。倘若她站在窗前往下看,能辨别出这个孤单的身影吗?如果天此刻下起雨来,一切的事情会不会因此而有意外的改变?陆晨光想到无数种可能,仰头望向那束昏黄的灯光——

> 记忆干枯疼痛
> 艰难世界的末端只剩下她
> 不再认识她,该怎么办?
> 爱
> 在我这儿流出,就在她那里关闭吧
> 还有我伤心的爱和破碎的记忆……
>
> 如果时间消逝
> 忘了爱过的痕迹
> 心里却仍然残留下她的名字
> 用眼泪去一一拾起
> 我曾经珍惜的记忆
> 只有她
> 我仅仅爱过一次的人
> ……

4.

陆晨光试着轻轻甩了甩拆除掉绷带后的手臂，感觉轻松了许多。走出诊室，与李医生碰个正着，的确让他有些意外。

"可以和你谈谈吗？"

李医生像是在门外等了他很久似的，突然这样对他说道。

就这样，两个原本并不认识的男人一起爬上了门诊大楼的天台，对着远远的山峦轮廓站着，等着对方先开口说点什么。

"你们……认识很久了？"

陆晨光想起前几天晚上在公寓门口的事情，脑海中不断闪现自己将面前的男人摔倒在地上的幻象。可他的理智不停地告诫自己，如果知晓事情的真相，要像绅士那样退出。

"一个半月前刚认识的。"李医生说着，依然注视着远处黛青色的山影。

是真的吗？

陆晨光想着因为眼前这个人，自己守护了十多年的坚持没有能得到回应，而他却准备用几十个日子轻松夺走她以后的人生，一切再明了不过。

虽然内心凌乱不堪，陆晨光还是尽量用最平稳的语气对他说："她这么快就决定结婚，说明你……很不错。希望你给她幸福。"

"你真这么想？"

李医生将目光从远处拉了回来，转过头来反问陆晨光。

"不然呢？我用了十几年绕过很远的路才来到她面前，又用了很长时间才让她认出我，当我认真地将承诺准备好等待着她点头应允的时候，她却突然告诉我全都不对……"

因为内心的情绪被他苦苦地压抑回去，这些沉闷的字句忽高忽低地从陆晨光的喉间挤了出来。

"你真的那么笨吗？为了让自己能够离开你，为了不带给你负担，她才拜托我那天和她一起去见你。"

李医生坦然地说着，转身注视着眼前的陆晨光。

"你说什么？"

以为自己听错或者是对方表达错的陆晨光，像突然被雷击中一样杵在那里。

"因为担心自己的选择会阻碍你得到真正的幸福而选择离开你，这就是我所认识的轻雨。一个人很爱另一个人，才会这么做。"

"你为什么要对我说这些？"

"因为不想看到她不开心的样子，希望她能够快乐一点。"

说完，李医生转身走在陆晨光前面下了楼。

跟在他后面，陆晨光被带到一间单人病房门口。将门轻轻推开一条缝隙，他看见了守在床前的背影，轻雨正埋头替病床上的人整理身上的被单。

被思念拉长的时间像一条充满曲折的线段，轻雨就是他的端点。

就这样站在门口呆望着里面，她瘦削的背影带着疲惫与憔悴阵阵牵扯着陆晨光的心。

他问身边的李医生:"这是怎么了?"

"那是她父亲,前段时间她自己去福利院时才找到,这个月本来是要进行换肾手术。可手术费用没有着落……"李医生说着这些的时候,语气里充满无奈。

"很严重吗?"陆晨光问他。

"很难说,最好要有心里准备。"这样对身边的男人说时,李医生的心里觉得沉重不已。

"她知道吗?"陆晨光的声音低低的,透着深深的怜悯。

"刚进医院的时候就对她说清楚过了,也是她自己要求知晓所有她父亲的情况。不过,他父亲本人好像不愿意接受手术。"

"为什么?"

"老人可能是因为手术费用的关系……做女儿的一天到晚一直劝也没用。"

听着这些,痛的感觉从心里渐渐蔓延开来,最后变成了对身体某些部位的真实伤害,这是陆晨光第一次体会到的。

又像是被拉扯的锯来回移动带来的剧烈伤痛控制了一样,他站在原地僵持着,没有勇气进去,也无法抽身离开。

5.

医院通知轻雨,说有人匿名替他们交付了手术及住院的所有费用,如果可以的话,即刻便可以替她的父亲进行换肾手术。

"现在没事了,您可以好好安心地做手术了。"李医生对病床上的老人说着,露出释然的笑容。

"轻雨啊,你记得去打听一下到底是谁这么好,咱们可得好好谢谢人家。"

老人一再叮嘱身边的女儿,要知恩图报,要懂得感谢。

"好了,爸,我已经向医院问过很多次了,人家医院说了,是捐助手术费的人不愿意透露自己的身份,医院也不知道是谁。"

轻雨收拾着手术前要准备的东西,一遍遍对病床上的爸爸解释着匿名手术费的事情。脑海里被即将要进行的手术填充着,已不容她再去多想别的任何事情。

手术比预想中的还要顺利。

在爸爸没有醒来的时候,轻雨一刻也没有离开过病房。去医院食堂吃饭的时候,轻雨都会嘱托护士后,自己才离开。

爸爸醒来的时候,轻雨伏在床边睡着,还没有醒过来。

看着熟睡中的女儿,老人伸手轻轻地拂了拂她的头发,想起往事,心里充满了愧疚。

"爸爸,您醒了。医生,我爸爸醒了!"

轻雨睁开眼睛,看见正望着自己的父亲,高兴地站起来冲出病房。

替老人做了详细检查后,李医生很高兴地告诉轻雨:"你爸爸的状态很不错。因为身体接收了新的器官,都会有一个重新接纳的过程，我们会继续观察他的情况。你不用太担心。"

"谢谢医生。"

轻雨望着病床上的父亲，心里的石头终于落地了。

"恭喜你了，轻雨，这是以朋友的身份来表示庆祝的。"等其他医生走后，李医生拿着鲜花又走了进来，他将花放在离病床最远的窗边，转身对老人说，"祝您早日康复出院。"

"谢谢你了，李医生。"

看着李医生，轻雨欣慰地说着。

"轻雨，刚才有人在门诊那边的导诊处找你。"李医生边替老人家检查输液的速度，边装作不经意地说着。

"找我？"正削着苹果的轻雨听到有人找自己，觉得很意外。

"我正好碰见，便将他带过来了。"李医生说着，指了指门外。

轻雨抬眼朝李医生所指的方向望去，看见陆晨光站在门口。

"花是这位先生送的，我先去巡房了。"李医生说着，对陆晨光眨了眨眼睛。

陆晨光慢慢走到病床前，对老人家说："伯父，祝您早日康复，一切都会好起来的。"

一时不知如何才好的轻雨，趁他和父亲说话的时候跑出病房，在走廊上的椅子上坐了下来。陆晨光跟着她从病房出来，在她旁边的椅子上坐下。

沉默，微妙的空气。

不能确定停留在两个人中间的到底是什么，像风里面的树叶，回旋着，飘荡着，不知该落在哪里。

长时间克制自己的情绪，好像突然找到一处出口，轻雨突然掩面抽泣起来，经受着背弃真实情感的负累，在他的身边，此刻全都松散下来。

陆晨光转过身来，伸手将哭着的轻雨拥进自己的胸膛，轻轻拍着她的后背像哄着个孩子那样安慰着她。

"好了，都过去了，有我在，没事的。"

陆晨光的话让她慢慢平静下来，轻雨试着从他的胸前抬起头来，坐回原来的位置，可他的手臂却更有力地拥住她。

"傻瓜，为什么要那么做？我不会再放手了。"他说着，慢慢将轻雨放开，像要一直望到她心底一样直视着她的眼睛。

"是你，对吗？"轻雨突然问他。

"什么？"

"爸爸的手术费用，还有住院的费用，都是你支付的，对吗？"

"傻瓜，别去想了。"

像跋涉千里后才找到，又像经历了漫长的等待，才能得到她的应允重新回到这里一样。因为太弥足珍贵，他只顾拥着她，用最宽厚的姿势拥着她，不让她再逃离，哪怕是短暂的一刻。

只要能和她在一起，其他，陆晨光再也不去想了。

两个人这样拥着坐在医院的走廊上，不知道过了多久才回到病房里。

轻雨的手被身边的人紧紧握在手心。

"爸爸,他是晨光。"轻雨将他带到大病初愈的爸爸跟前。

一切都是新的开始,轻雨爸爸的健康身体,还有薛轻雨与陆晨光的将来。

6.

"这个,你帮我交给轻雨姐吧。"

绿笙将一个蓝色缎面盒子拿出来,放到陆晨光面前的桌上。

"你不跟她道别了吗?"

陆晨光说着站起来,拿电话拨了内线号码,对电话里说:"LISA,帮我安排老地方的位子,晚上有客人来吃饭。"然后回过头来对绿笙说,"一起吃晚饭吧,我叫了轻雨。"

"不了,还是你替我归还给她吧。不是自己的终归要还的,自己再喜欢也没用。"

说这些话的时候,绿笙的眼睛一刻也没有离开陆晨光。

"对了,学校那边都已经联系好了吗?"

"都办理妥当了。其实,我没想过今年就去的,只是现在没什么理由留下来……"

"去那里可是很多人的梦想,况且也才一年半,很快就会回来的。"

"一年半以后,不知道我们会是什么样子?"

"当然比现在更好。"

"如果……你没有遇见轻雨姐,你会……喜欢我吗?"

"绿笙,爱情不是先来后到,等你遇到喜欢你的人,你就会明白。"

"可我爱的人正喜欢别人……"

"可绿笙不是小孩子。"

"是的,我已经不是小孩子了。所以,不管你怎么想,我还是会继续喜欢下去,你去喜欢轻雨姐也好,喜欢别的女人也好。"

"绿笙……"

绿笙说完,跑出了陆晨光的办公室。

7.

I'm happy that you do

the book of life is brief

and once a page is read

all but life is dead

that is my belief

and yes I know how lonely loveless life can be

but don't let the evening get bring me down

……

"为什么又叫我来这里？"

"你不是想知道这家店为什么叫这么长的名字吗？"

"你问到了？"

"你坐这儿。"陆晨光拍了拍身边座位上的软垫，对她说。

"为什么？"

"你先坐过来啊。"

"有关系吗？"

"当然。"

轻雨只好乖乖坐了过去，她侧身用询问的眼神望着陆晨光。

突然，他伸出手臂，将轻雨揽进自己怀里。被吓到的轻雨连忙担心地看看周围的人，试图从他的臂弯里挣脱出来，但因为他圈住了手臂，轻雨只好乖乖坐着，由他去。

"这么多人，快点放开啊。"

"还不行，没到时间。"

"啊？"

"现在知道了吗？"过了好一会儿，陆晨光才将拥抱着轻雨的双手放开，然后问眼前一头雾水地望着自己的轻雨。

"这个……太难了。"

"要不，我再示范一次吧。"陆晨光说着准备又伸出手去抱轻雨，被轻雨用一只手打了回来。

"等一下，让我想想。是恋人？"

"不对。"

"拥抱。"

"嗯,差不多了,是'长久地不停止地拥抱'。"

"长久地……不停止地……拥抱……"

"嗯。"陆晨光一脸温和地说。

说完,他将口袋里的蓝色缎面盒子拿到轻雨面前,问她:"你怎么能把我送你的东西随便转送他人呢?"

"晨光,……绿笙她喜欢你,她更适合……"

"我不是一件物品,你不喜欢了,随手就可以将我转送他人。"陆晨光说着,因为自己被忽视而觉得委屈极了。

"对不起……"

"那你从今天开始,再也不能那么做了啊。虽然它只是石头,可它身负使命,而且知道自己属于谁。"

"真的?"

"不信?你问它试试。"

"怎么问啊?"

"你就问它'石头啊石头,你知道自己的主人是谁吗'就可以了。"

"不信。"

"那你问问看啊。"

"石头,你知道自己的主人是谁吗?"轻雨真的照陆晨光的话问眼前的盒子,说出口后又开始后悔的她,觉得自己被骗了,便转身责怪起晨光来,"你骗人。"

"它说了啊,你没听到?"

轻雨背过身去不再理他。

"你打开看看,它真的说话了。"

轻雨将盒子打开,将项链拿在手上仔细看,一旁的陆晨光连忙提醒她看坠饰背面。她拿过来一看,上面镌刻着很小的一行文字:

FOR MY LOVER QINGYU

"这是什么时候刻上去的?"坐在那里,她幸福地笑着。

"一直就有。"

"不可能,别人怎么知道我的名字?"

"这项链世间仅此一条,当初是托爸爸朋友的珠宝行定制的。"

这时,轻雨的手机铃声响了,她拿出来,看见屏幕上显示的是医院的号码。

"你好,李医生。"

"你说什么?"

"我马上回医院。"

8.

是突然很严重的排异反应,现在正在急救室抢救。

护士的话让轻雨突然乱了方寸,她抓着晨光的手,一刻也不能松开。

陆晨光陪着她坐在急救室外面等,望着一直亮着的警示灯,他在心里默默地祈祷着。

快天亮的时候,警示灯终于灭了,陆晨光看见李医生推开门出来。

"怎么样?李医生。"陆晨光跑过去问道。

"最危险的关头过去了,可还得观察。"

突然醒过来的轻雨叫着爸爸,被陆晨光拉回了病房。

直到第四天,李医生才来告诉轻雨,老人可以离开重症室回自己的病房。

慢慢恢复过来的老人面色渐渐有了红润,看到父亲没有大碍,轻雨忍不住高兴得掉起眼泪来。

"瞧你,这么大了还哭,我这不是好好的吗?"躺在病床上的老人倒是笑着劝慰起床边的年轻人来了。

"伯父,您看上去气色不错。"

除了忙工作,其他所有时间都陪轻雨守在医院里的陆晨光,没到午餐时间就过来了。

"爸爸,中午想吃点什么?"轻雨问病床上的老人。

"我想喝些上次你帮我带过的粥。"老人声音有些颤抖,但仍然笑着看着眼前的亲人。

"我去买吧。"陆晨光说。

"你又不知道是哪家的,还是我去吧,你在这里陪陪爸爸就好,我很快就上来。"轻雨说着,放下手中的毛巾,准备出去。

"那好吧,顺便带些吃的,今天没吃早餐,饿啦。"陆晨光像孩子般对她说。

"你又不吃早餐?"轻雨一脸生气的样子看着他,直到他低下头去认错:"好了,下次一定吃。你先去买东西吧,别打扰我们聊天啊。"

轻雨笑着离开病房后,房间里就只有陆晨光和轻雨爸爸两个人。

"小陆,趁轻雨不在,我想和你说会儿话。"老人示意陆晨光坐在他跟前。

"叔叔,您需要休息,有什么事情等以后再说吧。"陆晨光替老人掖了掖被单后,在他面前坐了下来。

"我……自己的身体,我……最明白……不过了。"老人用很小的声音说着,勉强笑了笑。

"叔叔,您别那么想。现在的医术这么发达,没有什么解决不了的问题。"陆晨光安慰着老人。

"轻雨她以后可得托付你了。她从小……没和我生活在一起,和她妈妈过的都是……苦日子,我去找她娘俩……原本是想让她们好一点……没想到是现在的样子……"

"叔叔,您别难过,今天我们不说这些,您好好休息。"见老人吃力的样子,陆晨光忍不住打断了他说的话。

"不,你听我说。"老人很坚持地要把话说完。

"叔叔……"

"我对不起轻雨和她妈妈……这一生也没有能给她妈妈一个名分。当时,我是想找她们回去的,可她们早就不在那里住了。怎么也想不到会在这个时候再见到她,我开不了口,一看见她,脑海里就是她妈妈的样子。我知道自己快要离开了,她有你照顾着,我倒也放心,可我……我怎么对她说……"

老人的呼吸变得有些不规律,陆晨光看着不免担心起来。

"叔叔,您有什么事情,和我说也一样的。"

老人继续说道:"轻雨她不知道,她还有个弟弟,是我离开她们回城结婚后的孩子,那孩子妈妈也不在了,现在不知道在哪里……我原想,如果我的身体还硬朗,我要自己去找,现在……我怎么对她说她还有个弟弟,我都不知道他在哪里……"

"您是想让他们姐弟两个见面,是这样的吗?"

老人含着眼泪点点头。

"叔叔,您放心,我会尽力替轻雨找她的弟弟,让他们见面。"

"谢谢……你。"

"你替我对他们俩说……说我对不起他们和他们的……妈妈……"

"叔叔，您别太难过，您一定可以看到他们两个在一起。"

"你别安慰……我……我知道自己的身体……"

"叔叔，您等一下，我去叫医生……"

"别去。"陆晨光站起身准备离开床边时，老人紧紧抓住了他的手，"再陪我坐会儿……"

见老人家惨白的脸色，陆晨光急忙拿出电话拨打轻雨的电话："轻雨，你快上来，快点啊。"

老人抓住他的手越来越紧，陆晨光在他跟前坐下，不敢再动一下。

"你答应……帮我找他……他今年25……岁了……叫苏……泽……在阜田出生……你答应……我帮……"

老人的手突然松了下去。

陆晨光惊恐地看着病床上的老人——

鬓角全部白了。

眼角的皱纹深深刻进皮肤里面，额角和脸颊有些难看的老年斑。

嘴唇没有他印象中那么饱满，甚至干枯得有些发白。

颧骨高高的突起，他曾经那么熟悉……

面容那么慈祥，也是他曾经无数次想象过的……

手掌还很宽厚，握着让他有种回到童年的错觉……

陆晨光在床边蹲下来，眼泪像断线珠链般滚落在白色床单上，深深浸了进去。他想喊，却没有声音，只有眼泪一个劲地流着，不知道是因为病床上的老人,还是依然毫不知情的轻雨。

像冬天的荒野遭遇永夜的无望般,想到轻雨,他觉得心被割裂般痛起来。

"怎么了?晨光。爸,爸,爸爸……"

轻雨喘着气跑进病房,直奔床边。当她看到晨光脸上的表情时,慌乱地冲门口叫着医生……

医生来了。

这个世界好像突然没有了声音,十分安静,安静得让人害怕。

他只知道紧紧抱住哭泣的轻雨,不愿意松手,不敢松开,无法松开。

她伏在他的肩上哭泣,他躲在自己心里哭。

9.

"你好,李医生。"
"是的,是我。"
"很抱歉打扰你了,你有时间吗?"
"我想跟你见个面。"
"你说哪里,我开车直接过去。"
"好,那我们待会儿见。"

陆晨光放下电话，直接将车开到了与李医生约好的滨江路附近。

这是一处空旷的林地。大约三点的样子，李医生才来，两个人坐在林地边的长椅上，直到路灯亮起来，两个人才又从椅子上站起身来，彼此开车离去。

10.

他像从这个世界蒸发似的，再也找不到了。

电话里说号码是空号，住处的保安说房子正在招租，公司里是新的总监接手，院长说他从没来过……

"我们分手吧，看见你，让我觉得厌倦。"

没有理由了。

轻雨一个人睡在旧公寓顶层的小房子里，不知道外面的世界过了多少天。

但还是会醒来。

醒来的时候就会想到爸爸，想到晨光。

为什么人不会睡着睡着就再也不醒来呢？她想着要是人能睡死就好了。

可能原本一切都是梦里发生的事情，根本就没有存在过这样的两个人。那自己为什么会这么难受？像快要死去了一样。

如果死去的感觉足够难受的话。

门外面传来重重的捶门声，应该是房东在催交房租吧。不对，不是才交了一个季度吗？她将被子重新蒙住头。外面捶门的声音更大了，好像有人在用力踢似的。

轻雨挣扎着爬起来，拖着沉重的身体走到门口，用了很大力气才将门闩打下来。

门打开的时候，她看见了站在门口的李医生。

"你还要睡多久？"

当她身边重要的人都像泡沫一样消逝的时候，李医生的出现像提醒了她一些什么似的，让她突然清醒过来，心里的剧烈痛感吞噬着她的所有感觉。

只是觉得眼前突然黑成一片，她便失去了知觉。

睁开眼睛，轻雨看到李医生坐在跟前。

"你怎么没有消失……"她的声音虚弱得自己都听不到。

"好些了吗？"李医生关心地问。

她别过眼去，做出不想看到任何人的表情。

"你一直不吃东西所以才会昏倒，所以要尽量吃点东西。"他今天没有穿白色大褂。在别人眼中，他像她的家人一般劝慰着这个任性不肯吃药打针的孩子。

李医生将粥送到她嘴边，她却闭着眼睛别过脸去，从未有过的倔强。

"你该去照顾你的病人，不该守在这里。"

她望着窗户外面,语气冷漠地说。

"我休年假了,不用上班。"

李医生说着又舀了一小勺粥送到她的嘴边。这次不容她抵抗,他将粥送到了轻雨嘴里。

就这样,一勺一勺地,轻雨吃了小半碗粥。

李医生将粥碗放回桌上,拿了已经拧干的热毛巾给她擦拭手和脸,又倒了一杯果汁放在她手上。

轻雨看他熟练地做着这些,竟找不到挑剔的理由。

她将手里的果汁一下子扔到了地上,"砰"的声音惊到正在忙着收拾桌子的李医生,他转过身来问:"怎么了?"

"我不需要你这么可怜和好心,你为什么不和他们一起消失?"她盯住他的眼睛里冒着怒火,像一只无法感化驯服的火狐狸。

"轻雨,你听我说……"

"你是我的什么人啊,我为什么要听你说?"

说着,她一把扯去左手背上的针管,很快下床后朝门口跑,幸亏被李医生从后面拖住。将她重新抱回病床上后,轻雨的情绪依然无法稳定,听见吵闹声赶来的医生替她打了一针后,病房里才渐渐安静下来。

"因为精神受到严重刺激才会有这些情绪失控的行为,刚刚打的针会让她好好睡上一觉,醒来后你找机会好好和她说话,开导她,但千万别再刺激她了。"医院的同事对李医生交代着这些。

"谢谢你,老余。"已经一天一晚没睡的李医生有些倦意地说。

"没事。好好照顾她吧。先走了。"老余拍拍李医生的肩膀后,离开了病房。

担心她醒来时自己没有在跟前,晚饭时李医生叫了一个外卖上来吃。

坐在安静的,甚至能听到她沉沉的呼吸声的病房里,李医生不由得感叹人世缘分的奇妙。

她睡得正沉,头发在白色床单上散落着,一副惹人痛惜的模样。

替她重新盖了盖被子,往加湿器中添了些水后,他在床边坐下来。望着熟睡中的轻雨,实在是太困倦了,他渐渐便进入了梦乡。

手臂沿着床沿滑了下去,因为上身突然失去依靠的身体,往前面栽了下去。

他一只手碰了碰自己磕痛的下巴,吃力地睁开自己的眼睛,发现面前的病床上是空的。

轻雨不见了。

"轻雨!"

他喊着轻雨的名字跑出了病房。

因为已是凌晨,走廊上空空的。他往走廊两头的卫生间检查了一遍,护士办公室也看了一下,都没有发现轻雨的影子。

负责病房卫生清洁工作的人将装满垃圾袋的推车推到楼层出入通道口附近,集中打包垃圾。他突然想到什么似的,冲进出入口的楼道内,一口气爬到住院楼顶的天台。

　　只穿了件薄睡袍的轻雨正站在天台边上,风扬着她身上的裙摆,好像随时都可以将她吹下去似的。

　　她望着夜色未尽的城市,凌乱的发丝被风吹得贴着脸庞,脸上的泪痕还没有干。

　　李医生看到她一只手里捏着与项链类似的东西,正闪着荧荧的光。

　　趁她还未留意身后已经上楼来的人,他慢慢从后面走近过去,然后,用力抱住了她。

　　"放开我!"

　　她用力想挣脱开李医生这双像铁箍般束住自己身体的手臂,但不管怎么挣扎,那双手只会越来越紧。

　　"你放开我!放开我,放开……"最终因为抵抗不过而放弃挣扎的身体,慢慢在他怀里瘫软下来。她埋着头,不停地抽泣。

　　"很难受是吧,难受到居然要放弃自己的生命,我真是看错你了!"李医生看着自己面前凌乱不已的轻雨,生气地冲她说道。

　　"你为什么要管我?为什么?"

　　因为哭泣,因为那样大的声音要从那么虚弱的身体里爆发出来,所以觉得那声音在颤抖。

　　"你甚至都不想活下去的原因,不就是因为这个吗?"

　　李医生一把从她手里夺过那条蓝色项链,将它举在天台外面。

　　"你要做什么?"

"只是因为他离开你,你甚至连自己的性命都不想要,还要这种东西做什么?"说完,他的手随即松开,项链在两个人的眼前坠落了下去。

她觉得自己的心连同项链,连同那段与晨光有关的日子,正在一起下坠……

"一切都过去了,你会好起来的,会的……"

李医生伸手搂住了失去知觉的身体,将她紧紧地搂在胸前,抱回了病房。

11.

十八个月后。

轻雨将手伸出车窗外,风带着这个季节才有的柔软与绵薄从她的指间流泻而过,闪着月白色光辉的戒指将她的无名指衬托得更加纤细。

坐在一旁专心驾驶的李医生突然想起什么似的扭头对她说:"昨天下班值班的许师傅给了我一个包裹,不知道是谁寄给你的。"

"昨天晚上没听你说啊。"

"我忘记拿上去了,在后面呢。"李医生说着指了指车子的后座。

"我看看。"

轻雨转身伸手将后座上的纸盒拿到面前,因为没找到拆胶带的工具,便取了钥匙将盒子划开,露出里面的淡色无纺布礼品包装,上面镶嵌着隐约可见的银色丝线。一脸惊讶的轻雨拿起盒子反复看了看地址与邮戳,问身边的李医生:"好像是从国外寄来的,民毅,你有朋友在国外吗?"

"没有。是什么啊?很轻,感觉像玩具娃娃之类的。"李医生说着自己笑了起来。

"我又不是小孩子。"轻雨说着嘟囔起来。

她将无纺布轻轻拆开,将里面的东西拿了出来——

立领、盘扣、锦面、褶袖、素芯……是一件景蓝手工布袄。

"咦,老婆,这个颜色很适合你。谁送的?"

"不知道哎。"

轻雨说着将布袄拿起来,好像从衣服里面抖落出什么东西掉在车里,轻雨低头,看见座位下面亮亮的一处,那物件的样子是那么熟悉。

她猫下腰将东西拾起来,是李医生在医院楼顶曾经扔下楼的蓝色项链。

她真不敢相信自己的眼睛。

"虽然它只是石头,可现在它身负使命,而且知道自己属于谁。"

"真的?"

"不信?你问它试试。"

"怎么问啊?"

"你就问它'石头啊石头,你知道自己的主人是谁吗'就可以了。"

"不信。"

"那你问问看啊。"

"石头,你知道自己的主人是谁吗?"轻雨真的照陆晨光的话问眼前的盒子,说出口后,才意识到自己被骗的她,转身责怪起晨光来,"你骗人。"

"它说了啊,你没听到?"

轻雨背过身去不再理他。

"你打开看看,它真的说话了。"

……

回到眼前的轻雨,慌乱而急切地将项链上的坠饰翻过来一看,上面真的也镌刻着很小的一行文字:

FOR MY SISTER QINGYU

没有声音,周围是那么安静。

眼泪顺着眼角大颗大颗地流下来,试图阻止它们决堤的手反复地拭擦着脸上的眼泪,却越来越汹涌。她扭头无助地看了看身边的李民毅,嘴里不停地说着:"民毅对不起,民毅对不起……"终于忍不住失声痛哭起来。

李民毅将车停在了路边,他什么也没说,只是伸出双手将伤心不已的轻雨揽在了自己怀里,如同当日,像哄孩子一样用手轻轻地抚摩着她的背。

"别哭了,都过去了。今天是妈妈生日,等下让爸妈看到你哭肿眼睛,会以为我欺负你了。"李民毅说着,伸出手为轻雨轻轻拭去眼泪。

她渐渐平静下来,将身体靠在座位上。

过了很久,轻雨才开口对身边的李民毅说:"民毅,真的很抱歉。"

"为什么对我说抱歉?"

他转过头来看着自己的爱人,一副宽容大度的表情。

"因为我刚刚……很失态。"

轻雨觉得很抱歉,心里充满了愧疚似的说道。

"傻瓜……"

他伸出手臂将妻子拥进自己怀里。

"民毅,你说……是不是他送的?"轻雨说着,小心翼翼地抬头看着老公的脸。

"轻雨,对不起,对不起……"李医生低下头来轻轻地吻着她的额头,喃喃地说着。

"什么?"

"如果你愿意听的话,我想给你说件事情。"

"什么事?"

轻雨说着,转身将手里的布袄放回后面的座位,用力掷过去的时候,从布袄前襟的口袋里滑出一张折叠成方形的纸片,掉进汽车后座的座椅夹缝中。

纸片的最上面写着:

给我的姐姐——

★ 星星失去了自己的名字

XINGXING
SHIQULEZIJIDEMINGZI

后记
HOUJI

偶尔会和一个叫薇塔的女孩见面。她喜欢留短发，恰到好处的瘦，神情落寞，文字与画都极有天赋，到处旅行。

有一年图书订货会，编辑部同事请原画组的人画童非非的头像，让我描述她的样子，我便给他们看了薇塔的照片，说童非非的模样和这个女孩十分神似。

他们说，那就按这个画吧，毕竟我们中间只有你见过童非非真实的样子。

薇塔曾经生活过城市中最喜欢的是广州，因为上班时间自由，可以流连于各种展览。更加让人羡慕的是每个季度一次国内旅行，一年两次海外旅行，有一帮同样喜欢足球的朋友，可以在公司楼下的咖啡馆里一直从上午十点坐到下午三点，收获三两幅涂鸦，几千个字。后来童非非开博客，这些也就成了她的生活的某些部分。

有时候我会问自己，童非非计划什么时候结婚？会有自己的孩子吗？她与薇塔同岁吗？她在写字之余是否也会从事其他与文字无关的工作，比如证券事务或者财务分析之类？每次，想象的绳缆又会将源头系回到薇塔身上。那种时候，我总是会给薇塔发信息："今天到市区来吗？一起吃饭？"

然后，我们在五一路附近的某个窗下，一坐四五个小时，聊她主张的"无意义的意义"，聊食谱，聊电影和书，然后一起吃饭看电影，然后她开车送我回家再走绕城高速回自己的家。

与其说我一直希望自己离开童非非这个名字单独出版一本书，其实是我想知道没有符号与光环笼罩的事物本来的颜色，它无可避免地会暴露更多瑕疵，但那会更加接近真实。

记得这个故事完成那天早晨，我披了件红色旧棉袄下楼，踩着厚厚的雪去找早餐吃。街上传来那首《如果你也听说》，早餐店的热气将进进出出的人裹挟，一片片浓或淡的云雾在阳光下有些像发光的鳞片。因为有两年的假期，所以除了看书写字，就是去隔壁学校一早一晚各一个小时的步行。不久，孩子就出生了，是个男孩，小名叫乐乐。我打电话给薇塔，她很快就出现在孩子的摇篮跟前，脸上没有了我熟悉的落寞，而是欢喜。她说，以后要多写欢乐的故事啊，因为乐乐天天在你跟前。

当时与这个故事一起完成的还有《泪的方程式》，虽然人物命运不同，却都很伤感。

为什么最后总让人难过呢？很多人都问。其实是因为一种心情，我有些执着于对方，而对方完全对我不感兴趣。这种心情既可以用在人与人之间，像是单恋。也可以用在人与某件事物之间，比如我喜欢写作，因为我大学所学的专业是财务，总觉得文艺之神完全看不到我的愿望似的。尽管如此，我还是经常陶醉在那种将自己看见的画面转换成文字的事情里。有一次下班，建湘路有个很长的斜坡,一个中学生骑自行车的背影让我记忆深刻,那天我在日记里写:"风将他的白衬衣填满,像一朵正逃跑的云"。然后小声念出来后问自己:喂,你觉得怎么样?或者下雨的夜晚躺在床上,听见雨声,我也会坐起来用笔在本子上写"它们从另外的世界奔跑而来"。尽管我有时候会沉浸在自己创造的词句情绪里,但小说创作实在是个庞大的、体系缜密的有机体,我单纯地痴迷着它却无法窥视其中玄机,这让我既失落也着急。所以,我要感谢童非非,这个名字好比我行夜路时的灯,没有它,我就没有机会描述人生情绪感受里的细枝末节。

现在,这个故事得以用自己的名义出版,首先要感谢大鱼团队,谢谢他们的信任与付出。也要感谢那些重新读到这个故事的人,因为你们,它被阅读过才是它存在的意义。等到新书出版的那天,我想我还是会给薇塔发信息:"今天到市区来吗?一起吃饭?"

(特别感谢歌鹿,如果不是他的原因,我就没有可能说出这些心里的话。)

【官方 QQ 群: 193962680】
每周丰富多彩的群活动,好礼不停送!
作者编辑齐驾到,访谈八卦聊不停!

扫一扫看更多图书番外
作者专访

新书抢先看 / 好书半价购 / 编辑作者亲密接触 / 线下书友会聊天交朋友

大鱼品鉴团招募啦！

快来加入大鱼品鉴团吧！

招募君教你如何入团！轻松两步就可以搞定

Step1
添加大鱼文化品鉴团 QQ：1514732198 为好友

Step2
将姓名 + 城市 + 年龄 + 性别 + 手机号码 + QQ 号码信息发送至品鉴团 QQ 即可。
（这些信息主要是方便团长可以及时找到你，给你送券送礼物送福利神马的，千万不要想歪了）

以下是品鉴团福利项目，主人快来领走我吧！

1. 获得大鱼文化淘宝官方旗舰店 5.5 折购书券，可任意购买你心仪的图书哦！
2. 获得品鉴员独一无二的编号，每月抽奖，送大鱼文学最新图书或杂志。
3. 品鉴团 QQ 空间定期连载大鱼文学最新图书，不参加活动也能免费看新书。
4. 更有机会成为大鱼特约品鉴员，优先参与大鱼各种见面会，与编辑作者近距离接触！

大鱼文学小档案

■ 我们是一支年轻而富有创造力的团队，我们崇尚真爱，不忘初心，从不放弃梦想。
■ 我们有一批知名的大牌作者入驻，莫岚、烟罗、籽月、随侯珠、林家成、十四郎、麦小、岑桑、阿Q等。
■ 我们还有一群支持我们的可爱读者，她们的名字叫美人鱼；
■ 我们也策划出很多好口碑的图书，如《初晨》《夏木》《后来》系列、《小情书·彩虹》《星星上的花》《别那么骄傲》《名流巨星》等。其中《夏木》与《别那么骄傲》《名流巨星》都已开始进行影视剧的改编，未来将搬上大荧幕和大家见面哦；
■ 我们的品牌 LOGO 是

如何购买到大鱼文学的产品

1. 全国各大新华书店、书城、书报亭、书店都可以买到大鱼文学的产品；
2. 当当网、亚马逊、京东、天猫等网上书店也都能买到大鱼文学的产品；
3. 官方淘宝店"大鱼文化"不仅可以买到所有大鱼文学的图书杂志，还有独家签名版和独家礼品版以及作者周边产品哦；

【打开淘宝，搜店铺"大鱼文化"即可进入官方淘宝店选购】

星星花

/每个少女都在分享的青春杂志/

01 《星星花》的每个短篇故事都感人至深让人印象深刻，希望它们能唤起你深埋心底那份**关于爱情关于友情**关于她和他的真挚情感。

02 大鱼文化人气图书，内容连载，抢先试读。《**繁花盛开的夏天**》《**贝壳**》《**我等风雪又一年**》……敬请期待。

03 高人气互动栏目，机智的毒舌环节《**雪人姐姐神吐槽**》，结合网络人气话题的《课余时间有点闲》以及时常戳中读者柔软内心的《微心动》……

04 长期与国内创意灵气的画手们合作，精美内插与精致排版的完美结合，为你献上一场视觉盛宴。

05 你会发现吗？星星花的每页边栏上，会有或**暖心**，或**可爱**，或**伤感**，或**诗意**的句子，如果累了，记得读读它们。

星星花，与你美好相遇。

烟罗 随侯珠　岑桑　《贝壳》《星星上的花》
凌霜降　**莫峻**　麦九　《在很久很久以前》
籽月　　童馨儿　《夏有乔木 雅望天堂》
《初晨，是我故意忘记你》
《别那么骄傲》

—— 购买地址：https://dayubook.taobao.com/ （大鱼文化官方旗舰店）——